KB181150

상상력의 깊이와 시 읽기의 즐거움

상상력의 깊이와 시 읽기의 즐거움

■ 송수권

푸른사상

산시집刪詩集을 펴내며

본 산시집은 2004년도 8월 2일부터 10월 30일까지 중앙일보에 연재했던 《시가 있는 아침(고요아침)》의 후속 작업으로서 푸른사상의 한봉숙 사장님 호의로 엮어진 것이다. 감사를 드리면서 다시금 군말을 얹는다.

좋은 시를 골라 제 자리에 앉힌다는 것은 어려운 작업중의 하나다. 누군가 말했다. 시를 짓는 시인이 아름다운 것이지 시를 말하는 시인은 아름답지 않다고! 시는 몸으로 쓰고 영혼으로 쓴다. 요즘 시인들은 잉크에 물을 탄다. 이는 괴테가 한 말이다. 따라서 말로 쓰는 시는 작위적이고 열변을 토하는 사상가나 웅변가, 목사님 같아서 싫다. 시를 쓰는 일이야 말로 겸허하고 진솔하다. 그러므로 말로 쓰는 시는 자신의 진솔함이 드러나지 않고 혀가 빨라지며 경박함이 앞선다. 자신은 물론 그 자신을 향한 뭇 시선들로 진실을 감추고 말하지 않는다. 왜냐하면 궁극의 목적이 선善이나 성聖으로 가야 하는데 속俗(스노우비즘)으로 떨어져 영혼을 울릴 수 없는 까닭이다. 영혼을 울린다는 것은 곧 구원의식을 말한다.

그동안 시를 보아온 나의 경험에 따르면 대개 문제시는 혀가 빨라지고 좋은 시는 혀를 감추고 그 혀를 독자에게 보여주지 않는다. 아니, 어떻게 말하는지조차 알 수 없는 가락으로 말한다. 이것이 고전화古典化 될 수 있는 첫째 요건이다.

둘째는 기교와 멋을 부리는 시는 좋지 않다. 그 기교와 멋에 의해 상투성이나 작위성이 드러나고 시간이 가면 갈수록 그 빛이 바래진다.

셋째는 고도의 은유와 상징은 독자를 확보하기 힘들다. 우리시는 이 이상 더 어려워져서는 안 된다는 것이 나의 지론이다. 흔히 정신의 깊이는 고도의 은유와 상징에 의해 가능하다고 말한다.

넷째는 일상의 구문을 비틀고 꾸불리는 개론서 같은 시는 문제시는 될지언정 명시 반열에는 오를 수 없다.

다섯째는 대중성이나 상업성 광고언어나 유통언어에 물든 시는 저널리즘의 시다. 방송이나 신문 잡지 등은 대중을 울궈먹고 사는 속성을 지닌다. 이 수준은 의무교육 수준으로 거의 70%에 해당하는 수준이다. 진짜 시인은 인문학적 바탕을 지닌 독자를 겨냥한다. 이수준은 30%의 지적 상상력을 가지고 노는 대중층이다.

여섯째는 시는 삶과 죽음의 테마 연구다. 따라서 직접적인 생체험의 가락을 몰아치지 않고는 좋은 시가 될 수 없다. 이승과 저승을 뒤집을 줄 아는 상상력의 코드가 찍히지 않고는 믿음과 구원에 이를 수 없다. 대개 수능시험에 나오는 문제 시들은 이런 시들의 계열에 든다. 그러므로 생체험은 얼마나 중요한 것인가. 이 생체험이 언어, 정신, 리듬을 탔을 때 좋은 시요 명시라 할 수 있다.

이상 몇 가지 기준점에 의해서 시들을 모아 군말을 얹는다.

2005년 가을 어초장漁樵莊에서

송 수 권

참된 문학과 가짜 문학

어느 시대에나 문학에는 두 가지 형태가 있다. 이 두 형태는 아무런 관계없이 각기 나란히 존재한다. 하나는 참된 문학이고, 다른 하나는 가짜 문학이다. 참된 문학은 영원히 지속하는 문학이다. 그것은 학문을 위해 또는 시를 위해 사는 사람들에 의해 영위되고 조용히 엄숙하게 걸어간다. 그러나 이 과정은 아주 느려서 한 세기 동안에 유럽에서 겨우 한 타스의 작품이 나올까 말까 한다. 그렇지만 이 작품은 그대로 지속된다. 가짜 문학 역시 학문 혹은 시에 의해서 사는 사람들에 의해 영위되어 질주한다. 그 당사자들은 큰 소리로 떠들어댄다. 그들은 매년 수천이 넘는 작품을 시장에 내보낸다. 그러나 몇 해가 지나면 사람들은 물을 것이다. 대체 그 작품은 어디로 갔느냐고. 그렇게 일찍부터 떠들썩하던 그 명성은 어디로 갔느냐고. 그러므로 이런 문학은 흘러가는 문학이라 부르고, 참된 문학은 머물러 있는 문학이라고 부를 수가 있다.

'쇼펜하우어 「독서와 서적에 대하여」에서'

■ 산시집刪詩集을 펴내며 5
■ 참된 문학과 가짜 문학 8

시인에게 푸쉬킨 13
시인이란 15
수묵정원 4 장석남 17
가족 김종해 19
꽃 김춘수 21
간이역 고영조 23
담쟁이 황인숙 25
인생은 즐거워 이대흠 27
누워 있는 것을 보면 올라타고 싶다 김영남 29
돌아가는길 문정희 31
안정사安靜寺 김명인 33
대가천 · 2 이하석 36
노래와 이야기 최두석 38
여름, 일로 연꽃방죽에서 서애숙 40
누이의 마음아 나를 보아라 김영랑 42
추석 전날 달빛에 송편 빚을 때 서정주 44
회향 백무산 46
그대가 두 손으로 국수사발 들어올릴때 고정희 50
접시라는 이름의 여자 송찬호 52
또 하나의 타이타닉 호 김혜순 55
우짜노 최영철 57
피리 전봉건 60

그곳에는 박상천 62
춘니春泥 김종길 64
물 통桶 김종삼 66
벌레 이성선 69
절정絶頂 이육사 71
한 잎의 여자 오규원 73
늦잠 이근배 75
어느 농사꾼의 별에서 이상국 78
시詩를 찾아서 정희성 81
살구꽃 필 때 장옥관 84
바라보는 바보 김형영 86
설렁설렁 정현종 89
한국성사략韓國星史略 서정주 91
바다의 층계層階 조 향 96
또 다른 고향 윤동주 100
알바트로스(L'Abatros) 보들레르 104
산山 김광섭 107
아파트묘지 장정일 113
가을 릴 케 116
나의 어머니 베르톨트 브레히트 119
낙산사 가는 길 · 3 유경환 120
사람 유안진 122
공장지대 최승호 124
가을 강 한광구 127
사랑하는 까닭 한용운 130

차례

상현上弦 나희덕 132
겨울 판화版畵 이수익 135
읍내에 갔다가 돌아오는 둑길에는 이준관 137
차창 밖으로 송종찬 139
아름답고 푸른 하루 이기철 141
뻐꾸기는 울어야 한다 이문재 144
겨울 강 박남철 147
겨울 직소포에서 이진영 150
산정묘지山頂墓地 · 5 조정권 153
강설기降雪期 김광협 157
물이 옷 벗는 소리에 원희석 162
연蓮 이인원 164
반도半島의 눈물 이가림 166
탑 원구식 168
작은 산이 큰 산을 가린다 -내가 걷는 백두대간 133 이성부 170
들장미 괴 테 172
참 오래 쓴 가위 이희중 175
선데이 서울, 비행접시, 80년대 약전略傳 권혁웅 178
화가畵家 뭉크와 함께 이승하 182
민박집 봄 엄정숙 185
담쟁이 도종환 187
흰 바람벽이 있어 백 석 189
저녁햇살 정지용 193
게 눈 속의 연꽃 황지우 196
피보다 붉은 오후 조창환 200

가을 상업 고 은 202
제비꽃 유종호 204
염주꽃 강 만 206
곱추춤 박구경 208
착한 길 오인태 210
톤레삽* 수상마을 윤덕점 213
형제섬 박상건 216
신생의 바다 유창성 219
가난한 꽃 서지월 222
중심 심수향 224
헌화가 신달자 227
물봉선꽃 피는 자리 이 경 230
폭설 뒤에 구재기 232
세한도 유자효 235
달과 왕버들 윤은경 238
홍여새 한 마리 박홍점 240
봄 눈 내리는 밤 손정순 243
초승달 정용숙 245
소래 포구에 널 뿌리고 이민호 247
웃음의 힘 반칠환 249
처서 지나며 홍 영 251
계화도 女子 김기찬 253
서파에서 최숙향 255
걸레의 푸념 김용수 257
땡볕 송수권 260

시인에게

푸쉬킨

시인이여! 민중의 사랑에 연연해하지 마라.
열광하는 칭송도 한순간의 술렁임일 뿐이니
어리석은 자의 심판과 차가운 군중의 / 비웃음을 듣더라도
그대, 의연하고 침착해야 한다.

그대는 황제, 고독하게 살아라, / 자유의 길을 /
자유로운 지성이 그대를 이끄는대로
사랑하는 사상의 열매를 영글게 하며,
고귀한 위엄의 보상도 구하지 마라.
보상은 바로 그대 자신에게 있으니,
그대 자신이 최고의 심판자니라.
그대는 자신의 작품을 누구보다 엄격하게 / 평할 줄 아나니
그대는 그것에 만족하는가 / 의연한 예술가여?

만족하는가? 그렇다면 군중의 비판 따윈
내버려 두라
불타오르는 그대 제단에 침을 뱉어도

어린아이 같은 시샘으로 그대의
제상祭床이 흔들려도.

(1830년)

"먹고 살 만하게 되니까 도리어 문학위기론 같은 것이 퍼지고 그래서 착잡한 심정입니다. 세상이 점점 비속화되고 상스럽게 되어간다는 느낌도 없지 않고요"

유종호(2004, 동서문학, 봄호 「신춘대담」)

시인이란

홀로 독백하는 외로운 산책자이다

시인이란 숭고하면서도 괴상하고 가련한 악마이며
타고난 채플린이다

사소한 것, 가까이 있는 것, 친근한 것에 대한
미적 향수자이다.
즉, 일상적 언어가 갖는 비밀스러운 호흡이며, 힘이다

하나의 독백 속에
반성과 서정, 노래와 아이러니 산문과 운문이 뒤섞이고
분리되며, 관조하고 또다시 합일 된다

그것은 노래의 단절이다.
더듬거리는 독백이며, 그것은 침묵과 여백으로 끊긴다

시는 노래의 단절에서 비평의 체계로 변했다

여기에 엉뚱한 이미지와 상투어 같은
말들을 덧붙여야 할 것이다

그러나
시는 결국 노래일 수밖에 없으며
포플리즘(대중)의 공유재산이
아니라
고독한 자의 사유재산私有財産이다.

수묵정원 4
-번짐에 대하여

장석남(1965 ~)

번짐,
목련꽃은 번져 사라지고
여름이 되고
너는 내게로
번져 어느덧 내가 되고
나는 다시 네게로 번진다
번짐,
번져야 살지
꽃은 번져 열매가 되고
여름은 번져 가을이 된다
번짐,
음악은 번져 그림이 되고
삶은 번져 죽음이 된다
죽음은 그러므로 번져서
이 삶을 다 환히 밝힌다
또 한번 저녁은 번져 밤이 된다
번짐,

번져야 사랑이지

산기슭에 오두막 한 채 번져서
봄 나비 한 마리 날아온다.

생성과 소멸 또는 변환되는 과정으로서 삶과 죽음이 동일시되는 연결고리로서 '번짐'은 거멀못이 되어 전체 시상을 얽어놓고 있다. 주도어란 이처럼 못을 꽝 쳐서 시상의 산만함이나 흩어짐을 막아내는 구조조정을 담당하고 있다. 그리고 시상을 시인이 의도한대로 심층적인 이미지와 이미지로까지 연결지어 주제를 드러낸다. 번짐이야말로 사랑이고, 죽음이고, 삶이며 그러므로 죽음은 번져서 삶을 다 환히 밝힌다. 결구연인 '산기슭의 오두막 한 채 번져서 / 봄 나비 한 마리 날아온다'는 범상치 않은 그림 한 폭을 보여주기에 이른다. 따라서 매 행마다 '번짐'은 사용되어 주도어가 14회나 반복되고 있다.

가족

김종해(1941 ~)

천마산 눈썹 아래
초장동 산비탈이 있고
천마산 코딱지 같은 우리집이 있고
충무동 푸른 바다가 있고
새벽별을 보며 생선도가로 내려가는
이모 집이 있고
바람이 불지 않아도 소리치는
외삼촌 집이 있다
이른 새벽부터 우리집에 와서
해장술에 취한 천마산은
어머니에게 술국을 더 달라 한다
아버지와 형은 말없이
절구에 떡을 치고
누나와 나는 맷돌을 돌린다
콩나물 시루에 물을 주는 아우가
손을 놓을 때쯤
누더기 같은 우리의 희망이

빨랫줄에 펄럭일 때쯤
천마산은 바람과 안개를 거느리고
넌지시 산을 오른다.

시에서 보듯 부산시 서구 초장동 옛집을 기억력에 의존하고 있다. 즉 '천마산 – 산비탈 – 우리집 – 충무동' 이라는 하강곡선에 의한 공간적 배경에 이어 '새벽별 – 생선도가 – 이모집 – 외삼촌 집' 이 소개되고, '해장술 – 어머니 – 술국 – 아버지 – 형 – 누나 – 나 – 동생 – 콩나물 시루 – 빨랫줄' 이라는 서사구조가 얽혀 한 가족사를 드러내고 있다. 이는 상상력의 세계만이 창조의 세계란 뜻이 아니라 '기억력' 이 상상력을 압도하는 경우에 해당한다. 즉 현실세계의 리얼리티를 확보하는 데는 사실적 묘사가 두드러져서 상상력을 압도한다는 뜻이다. 이것이 상상력과 기억력의 차이점일 터인데, 기억력은 '재생적 상상력' 범주에 든다고 볼 수 있다.

꽃

김춘수(1922 ~)

내가 그의 이름을 불러 주기 전에는
그는 다만
하나의 몸짓에 지나지 않았다.

내가 그의 이름을 불러 주었을 때
그는 나에게로 와서
꽃이 되었다.
내가 그의 이름을 불러 준 것처럼
나의 이 빛깔과 향기에 알맞는
누가 나의 이름을 불러다오
그에게로 가서 나도
그의 꽃이 되고 싶다

우리들은 모두
무엇이 되고 싶다
너는 나에게 나는 너에게
잊혀지지 않는 하나의 의미가 되고 싶다.

김춘수의 유일한 대표작 「꽃」은 하이데거의 명제인 '언어는 사물이 깃들이는 존재의 집' 이라는 그 존재론에 적중한다. 이는 '언어가 없으면 사물도 없다' 는 뜻이다. 이는 곧 사물의 의미론적 탐구는 언어라는 수단이 없이는 불가능하다는 뜻이다. '꽃' 이라는 이름을 통하여 '나' 를 들여다보는 '고독한 존재의 모습' 즉, 불교관으로 가면 일체유심조一切維心造의 세계다.

이 시를 이해하기 위해선 텍스트로 전제되는 다음 시가 그 해명의 열쇠로 적합하리라 믿는다.

그는 웃고 있다. 개인 하늘에 그의 미소微笑는 잔잔한 물살을 이룬다.
그 물살의 무늬 위에 나를 가만히 띄워 본다.
그러나 나는 이미 한 마리의 황黃나비는 아니다.
물살을 흔들며 바닥으로 가라앉는다.
한나절, 나는 그의 언덕에서 울고 있는데, 도연陶然히 눈을 감고 그는 다만 웃고 있다.

「꽃 1」 전문

간이역

고영조(1946~)

작은 것은
보이지 않습니다
너무 작은 것은 몸으로 봅니다
내 몸이 머무는 곳에
보랏빛 제비꽃은
피어 있습니다
언덕 아래 몸을 숨기고
원동역은 아득히
그곳에 있습니다.

작은 것은 몸으로 본다? 몸이 눈이란 말일까. 송사리떼가 맑은 여울물 속을 헤엄칠 때 보면 까만 눈이 유난히 커서 슬퍼보인다. 그러면 지렁이도 눈이 있는 것일까? 지렁이는 몸을 끌면서 땅을 기어가지만 눈이 크다는 생각을 해 본 적이 없다. 문자를 쓰듯 온몸을 끌고 간다. 그 몸도 끊어 놓고 기는 것을 보았다. 절지동물인 때문일까. 도마뱀 또한 꼬리를 잘라 놓고 도망

가는가 하면 농발꽃게는 두 집게발 중 한 개를 끊어 놓고 도망치는 것을 본다.

제비꽃과 원동역(간이역)은 몸이 머무는 곳에 있다. 작은 것이 아름다운 것이 아니라 사라짐으로써 아름다운 것이 아닐까.

담쟁이

황인숙(1958 ~)

눈을 감고 담쟁이는
한껏 사지를 뻗고 담쟁이는
온몸으로 모든 걸 음미한다
달콤함, 부드러움, 축축함, 서늘함,
살랑거림, 쓸쓸함, 따분함, 고요함,
따사로움, 메마름, 간지러움, 즐거움,

담쟁이는 눈을 감고
온 몸으로 음미하는 모든 것에
더듬더듬 작은 음표들을 토해낸다

담쟁이는 여전히 눈을 감고
흥얼거린다
담쟁이의 선율로 뒤덮인
커다란 악보에 시월도 저물 때

마디가 툭툭 끊기는 보폭 속에 감칠맛 나는 리듬의 축약성을 백분 발휘한다. 이런 시쓰기는 현대시의 한 새로운 전범으로서 시 읽는 즐거움을 동시에 수반하고 있다. 황인숙시인이 있어 음악에서 말하는 스타카토 창법(마디가 끊기고 보폭이 빠른 템포)의 경쾌함을 맛볼 수 있다. 담쟁이는 길을 더듬는 장님쯤 되지 않을까.

인생은 즐거워

이대흠(1968 ~)

그녀는 안다 짜고 누른 그의 와이셔츠가
찌그러진 세계에서 그를
돋보이게 한다는 것을
사으랑 사으랑 인생은 즐거워라 그녀는
저녁을 준비한다. 그가 누르는지 초인종이
오르가즘에 다다를 듯 울어댄다.
저녁을 먹고 피곤하다는 그에게
자기이… 하며 달려든다 때로 여자는
요부가 되라 했던가
체위를 바꾸면 인생이 달라진다는 것을
그녀는 그의 성기를 빨고 만져서 팽팽히
할 수가 있다 사으랑 사으랑 인생은
즐거워라 성욕이 강한 자가
세상을 잡는다 했지
자기 그것은 막 산 치약 같애
그녀는 익숙한 솜씨로
조이고 짜고 누른다

이러한 비속화 된 에로티시즘에 대한 풍자는 자동화된 삶, 기계적인 삶에서 삶의 존재성이 어디에 있는가를 묻는 패러독스다. 자칫 외설 · 시비가 붙을만한 이대흠의 시 「인생은 즐거워」를 읽고 있으면, 우리 고전인 변강쇠타령 속의 '기물타령'이 떠올라 웃음이 난다.

"저 여인 반소하여 갚음을 하느라고 강쇠 기물 가리키며 이상히도 생겼네. 맹랑히도 생겼네. 전배사령 서려는지 쌍걸낭을 느직하게 달고, 오군문 군뢰던가 복덕이를 붉게 쓰고, 냇물가에 물방인지 떨구덩 떨구덩 끄덕인다. 송아지 말뚝인지 털고삐를 둘렀구나. 감기를 얻었던지 맑은 콧물은 무슨 일고. 성정도 혹독하다. 화 곧 나면 눈물난다. 어린아이 병일는지 젖은 어찌 게웠으며 제사에 쓸 숭어인지 꼬챙이 굶이 굽어 있다. 뒷절 큰방 노승인지 민대가리 둥글다. 소년인사 다 배웠다 꼬박꼬박 절을 하네. 고추 찧던 절구댄지 검붉기는 무슨 일꼬. 칠팔월 알밤인지 두쪽 한데 붙어 있다. 물방아 절굿대며 쇠고삐 걸랑 등물 세간 걱정없네."

누워 있는 것을 보면 올라타고 싶다

김영남(1956~)

나는 누워만 있는 것을 보면 올라타고 싶다
그 누워 있는 것들에 신나게 올라타서
한번 가쁜 숨을 매몰차게 몰아쉬고 싶다

가쁜 숨을
기쁘게
내 쉴 것들을 고르다 보니,
나를 기다리는 것들이 한두 가지가 아니다.
누워 있는 침대, 누워있는 천정, 누워 있는 하늘……

저기 한 여자도
한사코 누워만 있는
바위를 올라타느라
가쁜 숨을
크게 내뿜고 있다.
여자가 슬슬 기어오르는 모습을 보니까
귀엽다

용감해 보인다
아니, 불쌍해 보인다
세상에!
오죽했으면 여자가 하늘을 올라타야 할까?

나는 누워 잠자는 걸 보면 꼭 한 번 올라타 보고 싶다
누워 있는 상사, 누워 있는 행정, 누워 있는 학문……

'무엇이든지 누워만 있는 것을 보면 나는 올라 타고 싶다' 라는 리비도(성욕구)의 충동이다. 심지어 누워 있는 상사, 누워 있는 학문의 그 추상성까지도 성욕구로 익명성을 띠고 돌출한다. 그러고 보니 이드(본능) – 에고(자아) – 수퍼에고(초자아)의 3각 갈등 안에서 모든 사물들이 이 리비도 하나로 반죽이 되는 셈이다. '귀엽다/용감해 보인다/아니, 불쌍해 보인다/세상에!'와 같이 인터코스에 끼어든 나레이션 형식의 독백은 시적 상승 구조에 효과적으로 기여함도 알 수 있다.

돌아가는 길

문정희(1947~)

다가서지 마라
눈과 코는 벌써 돌아가고
마지막 흔적만 남은 석불 한 분
지금 막 완성을 꾀하고 있다
부처를 버리고
다시 돌이 되고 있다
어느 인연의 시간이
눈과 코를 새긴 후
여기는 천 년 인각사 뜨락
부처의 감옥은 깊고 성스러웠다
다시 한 송이 돌로 돌아가는
자연 앞에
시간은 아무데도 없다
부질없이 두 손 모으지 마라
완성이라는 말도
다만 저 멀리 비켜서거라

풍진 노숙의 세월 속에 노숙자 아닌 것이 있으면 말해 보라. 도대체 영원이란 무엇이며 그 영원하다는 것은 무엇이겠는가. 인각사 뜨락에 눈도 코도 다 닳아지고 없는 돌부처 하나가 이렇게 스스로 묻고 서 있지 않는가? 오직 열정, 단순한 열정 하나만으로 이 노숙의 세월을 딛고 갈 뿐이다. 그것이 존재하는 이유고 우리가 삶을 사는 이유가 아니겠는가. 완성이란 없는 것, 그저 오고감만이 있다. 불교에선 환생還生, 주역64괘에선 무왕불복無往不復이란 말로 설명되고 있다. 그러므로 삶과 죽음이 따로 존재하는 것도 아니다. 그렇다고 존재를 믿지 않는 것은 소처럼 어리석다고 용수보살은 말한다.

안정사安靜寺

김명인(1946~)

안정사 옥련암玉蓮庵 낡은 단청의 추녀 끝
사방지기로 매달린 물고기가
풍경속을 헤엄치듯
지느러밀 매고 있다
청동바다 섬들은 소릿골 너머 아득히 목메올 테지만
갈 수 없는 곳 풍경 깨어져라 몸 부딪쳐 저 물고기
벌써 수천 대접째의 놋쇠 소릴 바람결에
쏟아 보내고 있다
그 요동으로도 하늘은 금세 눈 올 듯 멍빛이다
이 윤회 벗어나지 못할 때 웬 아낙이
아까부터 탑신 아래 꼬리 끌리는 촛불 피워놓고
소리없이 오체투지로 엎드린다
정향나무 그늘이 따라서 굴신하며
법당 안으로 쓰러졌다가 절 마당에 주저앉았다가
한다.

가고 싶다는 인간의 열망이

놋대접풍으로 쩔렁거려서
그리운 마음 흘러넘치게 하는
바다 가까운 절간이다.

안정사 옥련암은 어디에 있는 절집일까? 아마도 이 시의 마지막 결구에서 보듯이 그 곳은 바다 가까운 절간일 터이다.

눈 올 듯 멍빛으로 깔린 하늘, 네 추녀 끝에 매달린 풍경(물고기)에 데뻬이즈망(의미 부여)이 걸려 있다. 지느러밀 매고 요동치는 물고기, 청동바다 섬들은 소릿골 너머 아득히 목메어 오는, 갈 수 없는 곳에 떠 있다. 갈 수 없는 곳, 풍경 깨어져라 몸 부딪쳐 벌써 수천 대접째의 놋쇠 소릴 바람결에 쏟고 있는 비원悲願이 인지적 충격과 정서적 충격을 동시에 때린다. 이 풍경 속에 투입되는 웬 아낙의 간절한 비원, 그도 촛불 켜놓고 오체투지로 굴신하는 모습은 이 풍경 속에서 더욱 간절한 비원으로 떠오른다. 물고기(풍경)와 아낙은 다 윤회의 고리에 걸려 있는 고통의 실체고 이 윤회를 벗어나는 것이 열반이며 탄생이다. 따라서 시인은 이처럼 풍경 속에 뛰어들어 풍경을 즐기는 자가 아니라 고통스럽게 풍경을 만드는 자임을 알 수 있다.

대가천 · 2

이하석(1948 ~)

나는 은어를 본다.
물의 힘줄 속에 그것들의 길이 있다.
물의 힘줄을 은어들이 당겨 강이 탱탱해진다.

나는 은어를 본다.
강의 힘줄이 내 늑간근에도 느껴진다.
그 밖에 중요한 것은 없다.

나는 은어를 본다.
언어에 기대서서
이건 물론 중요한 게 아니다.

누가 강의 힘줄을 풀어놓느냐
강에는 은어가 올라와야 한다.
그 밖에 중요한 것이 도대체 무엇인가.

은어떼가 오르는 강은 그대로 살아 있는 들뜬 강이다. 이때 언어 같은 건 차라리 무의미할 만큼 은어와 강은 팽팽한 긴장을 유지하며 그대로 생체 리듬을 흔든다. 현대 시쓰기에서 제일의 요건은 이처럼 한 편의 시가 긴장(tension)을 이룰 때 독자들을 끌어당기고 감동을 준다는 것도 알게 한다. 과녁에 적중한 화살이 과녁을 물고 흔드는 그 팽팽한 힘이야말로 자연에서 오는 힘이다. 물의 힘줄 속에 은어의 길이 있다. 물의 힘줄을 은어들이 당기는 힘으로 강은 탱탱함을 유지한다.

〈움직이는 물은 그 물 속에 꽃의 두근거림을 지니고 있다〉 라고 가스통 바슐라르는 『꿈 꿀 권리』에서 말하고 있다. 꽃 한 송이가 피어나는 것만으로도 냇물 전체가 술렁거린다고 말한다.

노래와 이야기

최두석(1956 ~)

노래는 심장에, 이야기는 뇌수에 박힌다.
처용이 밤늦게 돌아와, 노래로써
아내를 범한 귀신을 꿇어 엎드리게 했다지만
막상 목청을 떼어내고 남은 가사는
벼개에 떨어뜨린 머리카락 하나 건드리지 못한다
하지만 처용의 이야기는 살아남아
새로운 노래와 풍속을 짓고 유전해 가리라
정간보가 오선지로 바뀌고
이제 아무도 시집에 악보를 그리지 않는다
노래하고 싶은 시인은 말 속에
은밀히 심장의 박동을 골라 넣는다.
그러나 내 격정의 상처는 노래에 쉬이 덧나
다스리는 처방은 이야기일 뿐
이야기로 하필 시를 쓰며
뇌수와 심장이 가장 긴밀히 결합되길 바란다.

*정간보井間譜 : 조선 세종이 창안한 악보. 井자 모양으로 칸을 질러놓고 율명律名을 기입함.

감성(노래)과 지성(이야기)이 즉 심장과 뇌수가 가장 긴밀히 연결된 것이 시라고 말한다. 그래서 첫행의 '노래는 심장에, 이야기는 뇌수에 박힌다' 고 말한다. 그리고 단적인 예를 처용에서 찾는다. '그러나 내 격정의 상처는 노래에 쉬이 덧나 / 다스리는 처방은 이야기일 뿐' 이라고 말하는 것으로 보아 노래는 귀신을 쫓아내는 주술성의 언어고, 이야기는 객관적 언어로 새로운 노래와 풍속을 짓고 유전해서 주술성을 치유하는 힘이 된다고 강조한다. 시의 양면적 요소를 말한 셈이다.

그러나 '봄바람 같은 시는 만물을 포용해 나타내고 가을 강물 같은 문장은 세속에 물들지 않는다(春風大雅能容物 秋水文章不染塵)' 고했다. 이야기는 그만큼 세속적이지만 '시는 고품격의 가치를 나타내는 정서지수(EQ)에 수반되는 밈(meme, 창조행위)이라고 할 것이다.' (Richard Dawkins, 리차드 도킨츠). 즉 밈은 생물학적 유전자인 진(gene)과는 다르다는 뜻이다.

여름, 일로 연꽃방죽에서

서애숙(1958 ~)

여름, 일로 연꽃방죽에 가면
세상을 가득히 떠메고 가는 상여 한 채가 있다
개구리밥 부들 부레옥잠
축일의 명정을 서로 펄럭이며
한 땀 두 땀 기쁘게
상여를 밀고 나가는 상주도 여럿 있다
누가 열반涅槃 했는가
너무 장엄해서
아무도 울지 않는
꽃들의
호상好喪
물방개 소금쟁이 엿장수
만장挽章의 아이들 앞장서 상엿길 열면
개구리 붕어 메기
남도 소리꾼들
상여 밀어 올리는 소리 더욱 자지러지고
그렇구나 세상 뜨는 일이

저렇게 기쁠 수 있구나
저렇게 황홀할 수 있구나
축제의 그 저승길을
몇 컷의 사진으로 담다보니
나도 어느덧 일로 연꽃방죽의
꽃이 되어 있었다

물 위에 떠 있는 연꽃들은 '세상을 가득히 떠메고 가는 상여' 로 물방개, 소금쟁이, 개구리, 붕어, 메기 등은 상두꾼으로 한바탕 축제(카니발)의 마당을 떠올리고 있다. 악상이 아닌 호상好喪으로 '죽음도 이렇게 즐거울 수 있구나' '저승길도 축제로구나' 하는 카니발의 가치전도는 낙천주의자의 그것이 아니라 자연의 이법임을 깨우치고 있다. 그 현장이 바로 '일로 방죽' 의 연꽃축제다. 연꽃은 유가에서는 '군자의 꽃' 이라 불렀고 불가에서는 부처님의 탄생을 의미하는 종교적 상징물인데, 그러한 관습 상징에서 이 연꽃은 완전한 개인상징으로 넘어와 있어 개성적이다.

누이의 마음아 나를 보아라

김영랑(1903 ~ 1950)

'오-매 단풍 들것네'
장광에 골불은 감닙 날라오아
누이는 놀란 듯이 치어다보며
'오-매 단풍 들것네'

추석이 내일 모레 기둘니리
바람이 자지어서 걱정이리
'오-매 단풍 들것네'

추석이 내일 모레 기둘려지는데 바람이 잦아서 큰 걱정이다. 장광에 골 붉은 감잎이 날아오는 것을 보고 누이는 또 큰 걱정이다. 쉬이 가을이 오면 또 단풍이 내릴 테고 겨울이 올 것이다. 이 시는 '더도 말고, 덜도 말고(加也勿 減也勿) 한가위만 해라' 는 그 속에서 전라도 부족방언의 '오-매' 라는 말의 울림이 '들것네' 와 연결되어 미세한 감정으로 언어가 어떻게 그늘을 치는지를 알 수가 있게 한다. 영랑의 여성적 리듬은 유성음에 이따금 투박한 무성음이나 파열음이 박히는 것이 특징이다. '모란이 뚝 뚝 떨어져 버리는 날' 이나 '찬란한 슬픔의 봄' 등의 시행을 비교해 보면 금방 그 리듬감각이 드러난다. 판소리 가락에서 영랑의 시를 서편제 리듬(모란이 피기까지는, 내 마음을 아실 이, 돌담에 속삭이는 햇발 등)이라고 한다면 사랑방의 능청맞은 그 능치는 가락의 서정주의 가락을 동편제라 할 것이다.

추석 전날 달빛에 송편 빚을 때

서정주(1915 ~ 2000)

추석 전날 달빛에 마루에 앉아
온 식구가 모여서 송편 빚을 때
그 속 푸른 풋콩 말아넣으면
휘영청 달빛은 더 밝아오고
뒷산에서 노루들이 좋아 울었네

"저 달빛에 꽃가지도 휘이겠구나"
달 보시고 어머니가 한마디 하면
대수풀에 올빼미도 덩달아 울고
달님도 소리내어 깔깔거렸네
달님도 소리내어 깔깔거렸네

자연과 인사人事가 휘영청한 달빛에 한 마음으로 어우러져 마음껏 선기仙氣를 발하는 시다. 「누이의 마음아 나를 보아라」

처럼 이 시의 코드 또한 그 고유의 선발에 꽂혀 있음을 알 수 있다. 이게 우리 고유의 면면한 민족 정서의 원형임도 쉽게 드러나고 있다. 민간화법인 "저 달빛에 꽃가지도 휘이겠구나"라는 또 다른 숨은 정서 즉 마이너스 상상력은 평소 어머니가 비가 오나 눈이 오나 바람이 부나 달이 밝으나 그저 먼 데 나가 있는 아들 딸 또는 가족 걱정이 태산 같은 때 곧잘 내뱉는 어머니의 그 간절한 애환도 들어 있음을 느끼게 한다. 이 원형 심상은 저 백제가요인 '정읍사'에 까지 이어져 있는 애환이기도 하다.

영랑의 시 「누이의 마음아 나를 보아라」에서 '오매-단풍 들것네' 또한 민간화법에서 온 말이다.

회향

백무산(1955 ~)

연어가 자신이 떠났던 곳으로
수만 리 먼 여정을 다하였다
그러나 아직은 회향이 아니다

산란을 마치고 마지막 숨을 몰아쉬며
배를 뒤집고 처음 본 하늘 다시 본다
그러나 아직은 회향이 아니다

자연은 고단한 그를 거두어
긴 안식의 집으로 데리고 갔지만
아직은 회향이 아니다

나서 죽기까지 어떤 경로도
아직은 직선이다

알에서 깨어난 새끼들이 어미에게서
물려받은 운명을 더듬어 길을 나선다

새끼들은 분신이지 내가 아니다

나는 죽어서도 아직 나다
내가 나를 내려놓았으나
아직은 회향이 아니다

내가 나를 비켜 가는 것이다
달은 한번도
같은 달이었던 적이 없었다

지구촌(글로벌리즘)이란 말과 함께 90년대 이후 우리가 가장 크게 깨달은 것 중의 하나는 '우주를 지배할 권리가 인간에게 없다는 점' 일 것이다.

다시 말하면 우주의 중심에 '나' 라고 하는 그 실존적 존재를 세워두려 했던 서양의 과학물질문명에 의한 기독교적 천년 역사관과 사유관이 틀려있음을 지적하지 않을 수 없다. 따라서 우리는 무엇이 진보고 무엇이 발전이며 무엇이 개발인지에 대하여 그것들이 가져온 결과는 그렇게 즐겁지 못하다는 사실이다. 대부분의 동양정신 즉 경전들은 여기에 강력한 쐐기를 박고 있다. 이 중에서도 불교의 연기법칙은 시사하는 바가 크다.

용수龍樹 보살은 말한다.

'존재를 믿는 사람은 소처럼 어리석다. 그러나 존재를 믿지 않는 삶은 이보다 더 어리석다. 사물은 존재하는 것도 존재하지 않는 것도 아니고, 그 둘도 아니고 둘 다가 아닌 것도 아니다.' 이 연기법은 곧 '관계를 통한 근원' 속에서만 내가 있다는 설명이다.

더 쉽게 말하면 '자아'는 궁극적으로 우주 속의 다른 모든 것과 마찬가지로 분리되어 있는 것이 아니라는 뜻이다. '자아' 즉 자신이 독립적으로 존재한다는 망상이 깨달음으로 가는 길에서 가장 큰 장애물임은 재론의 여지가 없다. 이것을 미혹 또는 미망 무명이라고 반야심경般若心經은 가르치며 색즉시공, 공즉시색이라고 가르친다.

이 근원이 곧 현대적 삶을 이끄는 시인의 책무중 하나가 되리라. 판치생모板齒生毛, 설니홍조雪泥鴻爪, 사자굴신獅子屈身 등의 화두는 인위적인 삶이 아니라 무종적의 삶을 가르치는 진정한 자아탐구에 이르는 길이다. 달은 한번도 같은 달인 적이 없었음은 이 깨달음을 두고 한 말일 터이다. '나서 죽기까지 어떤 경로도 아직은 직선' 일 뿐이다.

그대가 두 손으로 국수사발 들어올릴 때

고정희(1948 ~ 1991)

하루 일 끝마치고
황혼 속에 마주앉은 일일 노동자
그대 앞에 막 나온 국수 한 사발
그 김 모락모락 말아올릴 때

남도 해 지는 마을
저녁연기 하늘에 드높이 올리듯
두 손으로 국수사발 들어올릴 때

무량하여라
청빈한 밥 그릇의 고요함이여
단순한 순명의 너그러움이여
탁배기 한잔에 어스름이 살을 풀고
목메인 달빛이 문앞에 드넓다.

이 땅의 농촌정서 또는 노동시의 주창자라고 할 수 있는 故 고정희 시인의 시다. 황톳길과 솔바람 소리, 탁배기, 저녁연기, 국밥집, 호박넝쿨의 뒤엉킴을 사랑했던 고정희 시인의 가락은 여성성의 시가 아니라 굵직한 톤의 남성성을 지향한다. 위의 시 또한 남도적 정서로 노동자의 한을 표출한 시다. '저녁연기 하늘에 드높이 올리듯' 이는 실은 남도적 정서는 아니지만 시인의 의장된 표현으로서 억센 삶을 드러내고자 그렇게 표출된 것이라 볼 수 있다. 남도의 저녁연기는 사나위 가락처럼 대숲 마을을 휘감고 땅으로 배를 깔고 휘둘러 나가기 때문이다.

접시라는 이름의 여자

송찬호(1959 ~)

한때는 저 여자도 불의 딸이었다
불꽃이 그녀의 일생일 줄만 알았고
사랑만이 오직 불순물처럼
그녀의 일생에 끼여들 것으로 알았다

여자는 언제나 열심히 접시를 닦는다
거품 속에서 여자는 잠시 행복해진다.
거품 속에서 여자는 잃어버린 반지를 찾은 것처럼
접시의 당초무늬가 퉁퉁 불은 그녀의 손을 어루만진다

그런 그녀가 잠시 외출 나와 창가의
내가 즐겨 앉는 테이블에 앉아 책을 읽는
것을 보았다 잠시 나는 점잖게 미소만 띄워보냈다

여자의 손톱 밑에서 양파 냄새가 배어나오고
설사 그녀가 읽는 책 속에서 내가 싫어
하는 카레 요리가

쏟아져 나온다 했을지라도 그렇게 나는 미
소만 띄워 보냈을 뿐이다

어느 성미 급한 손님처럼
종업원을 불러 이렇게 소리치지도 않았다
여기 이 먹다 버린 지저분한 접시 좀 빨리 치워주시지 않
겠습니까?

단지 나는 맞은편에 고요히 다가가
넌지시 이렇게 속삭였을 뿐이다
부인, 지금 집에서는 위급한 상황이 발생 했답니다

오후 여섯시, 마요네즈 군대가 쳐들어 온다
토마토 군대가 쳐들어 온다
그 끔찍한 남편과 아이들이 쳐들어 온다

'접시'를 통해 내다본 한 여자의 일상성이 따분하게 그려졌고, 여자는 항상 위급상황 속에서 도대체 우리 시대의 이 지저분한 풍경이 결코 사랑일 수 없음을 이죽거린다. 그러므로 사랑은 중세 시대 빛났던 루비 반지처럼 빛의 속도를 타면서 미혼모의 영아처럼 폐기된 그 무엇인지도 모른다. '오후 여섯시, 마요네즈 군대가 쳐들어 온다/토마토 군대가 쳐들어 온다' 이 정도의 속도감만 가져도 가정해체 위기는 오지 않을지도 모른다. 그래서 요즘 새로 접속되고 있는 개념이 도시 유목민(nomade) 즉 '노마드 인생'이란 말이며, 저출산 저인구 시대가 왔다. 동시에 접속개념인 렌탈이 뜨고 있다. 현지에서 필요한 자동차도 가전제품도 심지어 낚싯대나 옷이나 가구들마저 1회용인 접속개념인 것이다.

또 하나의 타이타닉 호

김혜순(1955 ~)

(전략)

영사기에서 쏟아지는 빛처럼 가스불이

솥을 에워싸자 파도가 끓는다

아이스크림처럼 하얀 빙산에 배가 부딪힐 때

밤바다로 쏟아져 들어가는 내 나날의 이미지

물에 잠겨서도 환하게 불켜고

필름처럼 둥글게 영속하는 천 개의 방

느리디 느린 디졸브로

솥이 된 여자, 그 여자가

곧 스타들과 엑스트라들이 끓어오르는

흰 파도 속에서 잦아든다

그 이름 '또 하나의 타이타닉 호'

화이트 스타 선박회사 건조

수심 4천미터 속 부엌을 천천히 걸어다니며

짙푸른 바닷속에 붉은 녹을 풀어넣고 있다.

영화 타이타닉호를 패러디한 시다. 타이타닉호가 침몰하자 그 부품들이 팔려나가 압력밥솥이 된다. 그 압력밥솥에 밥을 짓는 여자 '불쌍해라, 부엌을 벗어난 적이 없는 여자' 그 일상적인 여자는 타이타닉호가 침몰했듯이 그렇게 침몰해 간다. 이것이 여자의 삶일까를 묻는 시다.

우짜노

최영철(1956 ~)

자꾸 비 오면
꽃들은 우째 숨쉬노

젖은 눈 말리지 못해
퉁퉁 부어오른 잎

자꾸 천둥 번개 치면
새들은 우째 날겠노

노점 무 당근 팔던 자리
흥건히 고인 흙탕물

몸 간지러운 햇빛
우째 기지개 펴겠노

공차기 하던 아이들 숨고
골대만 꿋꿋이 선 운동장

바람은 저 빗줄기 뚫고
우째 먼길 가겠노

이 시는 경상도의 독특한 어법 '우짜노'와 '우째'라는 튀는 어법이 마치 박목월의 「이별가가」에 나오는 '니 뭐라카노'와 커플링을 이루고 있는 듯이 보인다.

'비가 오는데 어쩔 것인가?'라는 근심 걱정이 자연과 인사의 매개 인식소로 박혀 시인의 자상하고도 곰살궂은 인정의 넉넉함을 드러내고 있다. '우짜노'를 분절시켜 '우째 ~ 숨쉬노' '우째 ~ 날겠노' '우째 ~ 펴겠노' '우째 ~ 가겠노'라는 구문이 거의 매연에 걸쳐서 시의 압운을 주도해 가고 있다. 박목월 대에 와서 이 가락은 끊겨 있지만 이 시인에 의해서 그 가락의 소중함을 다시 확인하게 한다. 시는 주의(ism)로 남는 것이 아니라 노래로 남아야 고전화古典化 될 수 있다. 따라서 표준어야말로 폭력적인 언어다. 이 폭력적인 언어에서 우리말 가락과 숨결을 찾아내기란 불가능한 것이 아닐까. 이 가락 속에 숨은 정서와 정조를 외국어로 번역하기란 불가능하다.

정서를 번역하다니!

피리

전봉건(1928 ~ 1988)

대나무
잎사귀가
칼질한다.

해가 지도록 칼질한다
달이 지도록 칼질한다
날마다 낮이 다 하도록 칼질하고
밤마다 밤이 다 새도록 칼질하다가
십 년 이십 년 백 년 칼질하다가
대나무는 죽는다.

그렇다 대나무가 죽은 뒤
이 세상의 가장 마르고 주름진 손 하나가 와서
죽은 대나무의 뼈 단단하고 시퍼런
두 뼘만큼을 들고
바람 속을 간다.

그렇다 그 뒤
물빛보다 맑은 피리소리가 땅 끝에 선다
곧 바로 선다.

남도에는 어디를 가나 대숲이 창창하다. 어려서부터 대막대기를 타고 놀며 대숲 바람을 마시고 대의 심성을 배우며 자란다. '문 밖에 대가 있는데 문 안에 들면 어찌 난초가 없겠는가' 쟁이들이 그 기질을 말할 때 곧잘 쓰는 말이다. 손에 죽창을 들면 남도 의병, 댓가지를 흔들면 남도 무당, 대붓을 들면 남도 시인, 대도롱태(굴렁쇠)를 굴리면 남도 아이다. 난세에는 죽창으로 빛났고 태평성대엔 대금, 소금, 중금, 피리소리로 뜬다. 땅끝에 선다. 곧 바로 선다고 했다.

그곳에는

박상천(1955 ~)

그곳에는 말이 있을까?
다툼이 있을까?
술이 있을까?
그곳에는 파란털 원숭이도 있을까?
겨울도 있을까?
그곳에선 아이를 낳을 수도 있을까?
잠을 잘 수도 있을까?
전화를 걸고 받을 수도 있을까?
몰래몰래 연애를 할 수도 있을까?
그곳에는 은행이 있을까?
장난감 권총도 있을까?
시계도 담배도 있고 눈물도 있을까?
그곳에는 무엇이든지 있을까?
그곳에는 없는 것이 없을까?
그곳은 어디 있을까?
그곳은 있을까?

그곳은 어디인가? 그곳은 없다. 그곳은 우리 사는 세상이거나 삶 자체가 아닐까? 왔다왔다 해도 그 자리가 그곳이고 간다 간다 해도 그 자리가 그곳인 것을. 이 시에서 그곳은 곧 우리가 사는 현실을 미지칭으로 부르고 있다. 이처럼 ? 하나로 한 문장을 이루는 시도 있다.

춘니春泥

김종길(1926 ~)

여자대학女子大學은 크림빛 건물建物이었다.

구두창에 붙는 진흙이 잘 떨어지지 않았다.

알맞게 숨이 차는 언덕길 끝은

파릇한 보리밭-

어디서 연식정구軟式庭球의 흰 공 튕기는 소리가 나고 있었다.

뻐꾸기가 울기엔 아직 철이 일렀지만

언덕 위에선,

신입생新入生들이 노고지리처럼 재잘거리고 있었다.

이 시는 시각과 청각, 촉각을 통해 봄이라는 계절의 감각을 생동감 있게 형상한다. '크림빛 건물' '파릇한 보리밭' '흰 공'은 그 생동감을 부드럽고 따뜻한 색채감으로 끌어올린다. 따라서 전반부는 시각 이미지고 후반부는 흰 공 퉁기는 소리, 뻐꾸기 울음, 신입생들의 노고지리 재잘거림으로 된 청각 이미지다.

특히 2연 '구두창에 붙는 진흙이 잘 떨어지지 않았다'는 이 이미지들의 통합으로서 '女子大學'의 공간적 배치와 어울려 일종의 발랄한 성적 뉘앙스까지를 느끼는 근육이미지며, 이 생명감은 곧 봄의 생동감으로 자연스럽게 연결되고 있다. 또한 밝고 경쾌한 이 이미지들은 시간의 무상성과 생명의 유한성이라는 비극적 상황을 재생적 이미지로 떠올리며 인식하는 데서부터 시작되고 있음을 알게 한다.

물 통桶

김종삼(1921 ~ 1984)

희미한
풍금風琴소리가
툭 툭 끊어지고
있었다.

그동안 무엇을 하였느냐는 물음에 대해
다름아닌 인간人間을 찾아다니며 물 몇 통桶 길어다
준 일밖에 없다고

머나먼 광야廣野의 한복판
하늘 밑으로
영롱한 날빛으로
하여금 따우에선

이 시는 풍금소리(1연) 물음과 반성적인 태도(2연) 하늘과 광야, 날빛(3연)의 세 부분이 불연속적인 이미지들로 채워져 있다.

더 자세히 이미지를 분석해 보면 그 내포된 메시지의 전달도 쉽게 드러나리라 본다. 4연에는 하늘과 광야의 수직적 대비 속에 '영롱한 날빛' 이 제시된다. 이 빛의 이미지는 삭막한 지상적 삶의 현장인 광야 위에 천상적 공간인 '하늘' 이 내려주는 은총을 의미한다. 그런데 이 '날빛' 은 '하여금' 을 통해 '따우에' 서 다른 형체로 변형된다. 그것은 땅위에서 툭 툭 끊어지는 "희미한/風琴소리" 이다. 이때 4연의 '날빛' 이라는 시각적 이미지는 1연의 풍금소리라는 청각적 이미지로 전환되는 동시에, '영롱' 함이 '희미' 함으로 변질되는 퇴색 과정을 밟는다. 이러한 대비와 조화의 이중적 이미지의 연쇄는 결국 3연으로 이어져 '물 몇 桶' 으로 귀결된다. 물은 하늘에서 내리는 날빛이 풍금 소리로 전환되고 그것이 다시 변용되어 생겨난 것이다. 하늘이 내려주는 은총인 이 '물' 은 따라서 사막같은 이 세상에서 인간들을 소생시키는 생명수와 같은 것이다. 그리하여 "물 몇 桶 길어다 준 일밖에 없다고" 라는 시적 자아의 고백은, 물을 만드는 것은 하늘이고, 자신은 단지 그것을 인간들에게 전달하는 전령사에 불과함을 표현한 것이다.

그의 시에서는 극도의 언어 함축으로 안타깝고도 애잔한 정서를 드러내는데 다음 「묵화墨畵」에서는 보다 쉽게 드러난다.

물먹는 소 목덜미에
할머니 손이 얹혀졌다
이 하루도
함께 지났다고,
서로 발잔등이 부었다고,

서로 적막하다고,

이는 인간에 대한 구원이며 인간에 대한 연민으로 그 주제가 표출된다고 할 것이다.

벌레

이성선(1941 ~ 2001)

한 마리 자벌레
산이었다가 들판이었다가
구부렸다 폈다
대지의 끝에서 끝으로

이 우주 안 작은 파도

한 마리 자벌레 꿈틀거림이 그대로 산이 되고, 풍성한 대지에 넘치는 춤이 된다. 이것이 곧 생명운동의 생체리듬이다. 이 리듬은 기계 또는 물리적 시간에 의해 단추 하나만 누르면 금방 애벌레가 나방이 되어 하늘로 날아가는 '다마고치 게임' 속의 유사 생명현상과는 다르다. 그것은 혐오스런 시간 속의 생명이고, 누구나 모방하고 조작할 수 있는 물리적 시간 속에 존재하기 때문이다.

적어도 이 느림의 속도에 대해선 자벌레 한 마리가 만들어내는 '산이었다가', '들판이었다가' 하는 그 굴신 운동의 생명 속으로 시간과 공간, 더 나아가서는 생태환경을 다시 집어넣지 않으면 안 된다. 이는 1993년도 로마클럽에서 제시한 '성장의 한계' 에 보이는 속도다. 이 자벌레의 굴신운동에서 우리가 암시받는 것은 '이제 인간은 천천히 걷기 위해서는 특별한 학습훈련이 없이는 불가능하다' 는 점이다.

절정絕頂

이육사(1904 ~ 1944)

매운 계절의 채찍에 갈겨
마침내 북방北方으로 휩쓸려오다.

하늘도 그만 지쳐 끝난 고원高原
서릿발 칼날진 그 위에 서다

어디다 무릎을 꿇어야 하나
한 발 재겨 디딜 곳조차 없다

이러매 눈감아 생각해볼밖에
겨울은 강철로 된 무지갠가 보다.

육사는 온몸과 투사정신 하나로 24편의 시를 쓰고 간 시인이다. 본명은 이원록이지만 그의 감방번호가 264번이었으므로 이육사란 필명이 붙었다. 이 시에 대한 해설은 김종길 시인이 쓴

「솔개-안동에서」라는 시 그자체로 충분할 것이다.

"병 없이 앓는/안동댐 민속촌의 헛 제사밥 같은,/그런 것들을 시랍시고 쓰지는 말자.//강건너 임청각 기왓골에는/아직도 북만주의 삭풍이 불고,/한낮에도 무시로 서리가 내린다.//진실은 따뜻한 아랫목이 아니라/성에 낀 창가에나 얼비치는 것,/선열한 陸史의 겨울 무지개//유유히 날던 학 같은 건 이제는 없다./얼음 박힌 산천에 불을 지피며/오늘도 타는 저녁 노을 속,//깃털을 곤두세우고/찬바람 거스르는/솔개 한 마리."

육사의「절정」이야말로 서릿발 칼날진 그 위에 선 강철로 된 무지개다. 죽음이 끝난 자리에 선 언어며 더 이상 갈 수 없는 자리에 있다.

'강철로 된 무지개' 란 불꽃같은 삶의 의지에서 나온 투사의 독백인 셈이다.

한 잎의 여자

오규원(1941 ~)

나는 한 여자를 사랑했네, 물푸레나무 한 잎같이
쬐그만 여자, 그 한 잎의 여자를 사랑했네, 물푸레나무
그 한 잎의 솜털, 그 한 잎의 맑음, 그 한 잎의 영혼,
그 한 잎의 눈, 그리고 바람이 불면 보일 듯 보일 듯한
그 한 잎의 순결과 자유를 사랑했네.

정말로 나는 한 여자를 사랑했네, 여자만을 가진 여자,
여자 아닌 것은 아무것도 아닌 여자, 눈물 같은 여자,
슬픔 같은 여자, 병신 같은 여자, 시집詩集 같은 여자,
영원히 나 혼자 가지는 여자, 그래서 불행한 여자.
그러나 누구나 영원히 가질 수 없는 여자, 물푸레나무
그림자 같은 슬픈 여자.

이런 여자는 한평생 그 어디에나 감춰두고 싶은 여자이기는 하다. 물푸레나무 그림자 같이 순결하고 슬픈 여자, '원피스'를

입은 논노가 간다고 떠들어대는 세속화 된 그런 여자가 아니다. 그의 시 '원피스를 입은 여자'는 지극히 사물화 되고 상품화된 여자다. 자본주의 사회에서 육체의 가치는 한마디로 소비재의 재산이고, 공동의 가를 높이는 공유재산이다. 이런 세속적인 삶에서 감히 물푸레잎새 같은 여자를 꿈꾸다니! 따라서 '한 잎의 여자'는 영원한 여성(eternal female) 즉 절대적인 모성을 지칭하고 있는 여자임을 알 수 있게 한다.

늦잠

이근배(1940 ~)

나이가 들어도 잠이 줄지 않는다

일찍 일어난 새들이
기름진 먹이를 잡는 동안
나는 아침잠에 겨워
저 이슬의 세상을 놓치고 있었다.

쥐밤나무, 사탕밤나무, 외톨밤나무
밤나무동산 밑에서 살던 어린 날에는
가을이면 이른 새벽에 일어나
항아리에 가득 알밤을 줍기도 했었는데
삼월리에서 당진읍내까지
꼬박 왕복 오십리길을
중학에 들어가면서부터
여섯 해를 잘도 걸어다녔는데
그 새벽 이슬길 다 어디 두고
다른 길을 걸어 왔는지?

산이네 강이네 꽃이네 별이네
그런 것들은 그만 두고
눈에 들어오는 무엇 하나
쭉정이 같은 사랑 하나
주워 담지 못하고
아직도 깊은 잠에 빠져 있다

한 뼘 해를 남기고.

지금 시인은 아직도 '늦잠' 에 빠진 자신을 질책하며 어린 시절 걷던 '새벽 이슬길' 을 회상하고 있다. 그의 어린 시절은 자연과 함께 어우러진 충만함의 시간이었다. 특히 회고된 시점에 의해 이 시의 '새벽 이슬길' 은 가장 아름다운 길로 채색된다. 이슬의 아침을 놓치고 아직도 깊은 잠에 빠져 있다고 자탄하는 목소리는 유년의 시간을 회복하려는 희구를 담고 있다. 이 시의 마지막 구절 '한 뼘 해를 남기고'는 시인의 결단을 촉구하는 각성의 시간이기도 하다. 그간 시인은 끈질기게 유년의 삶에서 비롯한 산과 들과 강, 풀, 길, 이슬을 노래하였다. 그러면서 이러한 회한을 남기는 것은 자신의 삶을 되돌아보려는 각성, 혹은 여유로 보아도 좋으리라. 이처럼 시는 자기반성적 태도, 즉 외상과 내상의 피흘림의 흔적이며 그 길을 찾아 나선 정신적 고행이다.

어느 농사꾼의 별에서

이상국(1946 ~)

감자를 묻고 나서
삽등으로 구덩이를 다지면
뒷산이 꽝꽝 울리던 별

겨울은 해마다 텃밭 닥나무 굴거리에 몸을 다치며
짐승처럼 와서는
헛간이나 덕석가리 밑에 자리를 잡았는데
천방川防둑 너머에서 개울은
물고기들 다친다고 두터운 얼음 옷을 꺼내입고는
달빛 아래 먼 길을 떠나고는 했다

어떤 날은 잠이 안 와
입김으로 봉창 유리를 닦고 내다보면
별의 가장자리에 매달려 봄을 기다리던 마을의 어른들이
별똥이 되어 더 따뜻한 별로 날아가는 게 보였다

하늘에서는 다른 별들도 반짝였지만

우리별처럼 부지런한 별은 없었다

그래도 소한小寒만 지나면 벌써 거름지게 세워놓고
아버지는 별이 빨리 일어나지 않는다며
가래를 돋구어 대고는 했는데

그런 날 새벽 여물 끓이는 아랫목에서
지게 작대기처럼 빳빳한 자지를 주물럭거리다 나가보면
마당에 눈이 가득했다

나는 그 별에서 소년으로 살았다

시란 내장된 언어고 내적인 비밀한 언어(고백, 주술성의 개인적 언어=사유재산)라고 말할 수 있다. '하늘에서는 다른 별들도 반짝였지만/우리별처럼 부지런한 별은 없었다' 의 4연은 묘사가

아니라 추상적인 진술에 불과하다. 그럼에도 3연 '어떤 날은 잠이 안와/입김으로 봉창 유리를 닦고 내다보면/별의 가장자리에 매달려 봄을 기다리던 마을의 어른들이/별똥이 되어 더 따뜻한 별로 날아가는 게 보였다' 라는 구체적이고도 분명한 묘사 장면이 있었기에 진술이 가능해진다.

한 소년이 비밀한 장소에서 내다보고 바라보는 밤하늘은 이처럼 따뜻하다. 따뜻할 뿐만 아니라 6연 '그런 날 새벽 여물 끓이는 아랫목에서/지게 작대기처럼 빳빳한 자지를 주물럭거리다 나가보면/마당에 눈이 가득했다' 처럼 자지를 주물럭대는 그 행동이 오히려 더 귀엽다. 그리고 마지막 연, 한 행으로 된 '나는 그 별에서 소년으로 살았다' 는 진술은 '별/소년' 이란 이미지에 의해서 맑고도 투명한 '감수성의 통일' 이 이루어져 천상을 지향하는 지상적 삶이 순수공간으로 확대된다.

시詩를 찾아서

정희성(1945~)

말이 곧 절이라는 뜻일까
말씀으로 절을 짓는다는 뜻일까
지금까지 시를 써오면서
시가 무엇인지
시로써 무엇을 이룰지
깊이 생각해볼 틈도 가지지 못한 채
헤매어 여기까지 왔다
경기도 양주군 화엄사엔
절 없이 절터만 남아 있고
강원도 어성전 명주사에는
절은 있어도 시는 보이지 않았다
한여름 뜨락에 발돋움한 상사화
꽃대궁만 있고 잎은 보이지 않았다
한 줄기에 나서도
잎이 꽃을 만나지 못하고
꽃이 잎을 만나지 못한다는 상사화
아마도 시는 닿을 수 없는 그리움인 게라고

보고 싶어도 볼 수 없는 마음인 게라고
끝없이 저자 거리 걷고 있을 우바이
그 고운 사람을 생각했다.

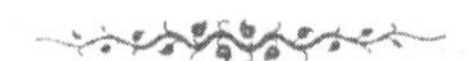

'시가 무엇이다' 라고 한 마디로 정의를 내릴 수가 없는 것이 詩라는 사실이다.

말과 생각과 느낌은 둘이 아니다. 우리는 말로써 사물을 포착한다. 그래서 하이데거는 말(언어)을 사물이 깃들이는 존재의 집이라고 정의한다. 다시 말하면 사물이 먼저인가? 언어가 먼저인가? 했을 때 詩를 아는 분이라면 언어가 먼저 생겼다고 말할 것이다. 언어로서 존재를 확인하고(의미를 부여하고) 그 존재에 대한 인식의 깊이와 넓이가 그 말의 깊이와 넓이를 결정하기 때문이다. 이는 말이 지시指示 기능과 미묘한 정서 기능을 동시에 가지고 있다는 뜻이다.

그러므로 시인이여, 함부로 세 치 혀를 놀리지 말라. 저 무간지옥에 떨어질까 두렵다. 위의 시는 결코 언어로서 절을 찾을 수 없음(言+寺)을 보여주고 있다. 따라서 시란 내장된 언어고 내적인 비밀한 언어(고백적, 주술적인 개인 언어)다. 동시에 시는 공유 재산이 아니라 철저하게 사유화 된 재산이다. 대중의 손에 때를 묻히면 묻힐수록 그 언어의 신비감은 죽는다.

살구꽃 필 때

장옥관(1955 ~)

전라도 위도의 시도리라는 곳에는 아름드리 늙은 살구나무가 하나 있는데 그 고목에 자욱하게 꽃이 필 때면 해마다 참조기떼의 노래가 들려온다는 거라 알주머니마다 탱탱하게 노랑 꽃술이 들어찬 은빛 물고기떼들이 우우우, 서로 짝을 찾는 소리로 바다가 온통 몸살을 앓는다는 것인데 그 소리 마치 참빗을 빠져나가는 솔바람 같다는 거라 아무렴 짝없는 것들은 더욱 미칠 듯 한참 휘몰아치는 꽃보라 속이어서 그렇게 많은 배들이 숱하게 난타를 당했다는 거라 그때 어부의 아내들은 기다란 대竹통을 바닷물에 꽂고선 연가를 탐지코자 밤샘을 한다는 거지 그 물살의 떨림은 또 어떻고 뱃전에 부딪치는 달빛은 그토록 반짝여 눈을 뜨는 것이어서 흩뿌려지는 흰 꽃잎과 한 웅큼 꽃소금처럼 별들이 바다 속으로 자진하는거라 그 물 속 조가비 등딱지는 은하의 소용돌이무늬를 그려내는 거겠지 그 밤새 숫처녀의 바다는 저절로 몸이 부풀어 오르기도 하겠지만 또 가지 끝에 숨죽여 돋아나고 있는 저 분홍 손톱달은 어떻고, 하지만 붉은 신열에 떨며 무더기 무더기 꽃잎을 게워내고 있는 지금은 다만 살구나무 아래 봄밤이다.

이 시에는 시적 배경과 향토성이 너무나 정겹게 드러나 있어 토속주의 정신에 의한 향토성이 물씬하게 풍긴다. 곧 이런 경지境地를 탈 줄 아는 자가 시인이다. 살구꽃이 피고 바다가 온통 참조기떼로 들끓는 칠산바다의 '조기 둠벙'이 있고, 그 살구꽃 가지에 분홍 손톱 같은 달이 뜬 정겨운 봄밤의 일련의 상황묘사가 객관적 상관물로 떠올라 배경을 제시하면서 잘도 묘사되어 있다.

그때 어부의 아내들이 대竹통을 바닷물에 꽂고 알밴 조기들의 연가를 듣는 그 자체가 사랑이다. 이때 잡힌 조기를 앵월굴비라고도 부른다. '흰 꽃잎과 한 웅큼 꽃소금처럼 별들이 바다 속으로 자진하는'의 미사여구가 뱃전에 부딪치는 달빛과 만남으로써 유통언어로 떨어지지 않고 오히려 멋스런 경지를 그려내게 된다.

바라보는 바보

김형영(1945 ~)

나는 바라보는 사람
산을 바라보고
강을 바라보고
사람을 바라보고 때로는
텅 빈 하늘을
바라보는 사람

하루가 가고 한 해가 가고
한 생이 가고,
모든 것이 끝난 것만 같은
절망 속에서도
나는 한눈 팔며
바라보는 사람

하늘에 불을 지르며 떠오르는
아침 해처럼
기다림은 기다림으로 이어지기에

보이지 않는 머나먼 곳에 마음을 두고
나는 덧없이
바라보는 사람

어제도 그랬고
오늘도 또, 내일도 여전히
나는 바라보는 바보

시인이 시사하는 대로 시인은 '바라보는 바보' 일 수밖에 별 도리가 없다. 이 말은 역설적으로 '눈을 뜨게 해 다오' 의 뒤집기이다. 눈을 떴을 때 이 세계와 사물은 새롭게 보인다. 시인이 있을 때 이 세계의 현상은 의미가 새롭게 태어나고 존재확인이 가능하다. 그래서 릴케는 '시인이 이 세상에 오기 전까지는 완성된 사물은 하나도 없었다' 라고 말테의 수기에서 쓰고 있다. 침묵 속에 있는 이 세계의 의미야말로 심안心眼으로 보지 않으면 보이지 않는다는 뜻이다. 일상의 관습이나 관행 속에서 고정

관념을 깨기가 어렵고, 새롭게 보거나 새로운 정신으로 이 세계를 이해할 수도 바라볼 수도 없을 때 시인은 절망하고 그 언어를 포기할 수밖에 없다.

설렁설렁

정현종(1939 ~)

바람은 저렇게
나뭇잎을
설렁설렁 살려낸다
(누구의 숨결이긴 누구의 숨결
느끼는 사람의 숨결이지)

바람의 속알은
제가 살려내는
바로 그것이거니와

나 바람 나
길 떠나
바람이요 나뭇잎이요 일렁이는 것들 속을
가네, 설렁설렁
설렁설렁

'설렁설렁' 이란 의태어 하나 가지고도 이런 시가 된다. '설렁설렁' 이란 말은 바람에 잎새가 흔들리는 모습이지만 어떤 일을 눈가림으로 대충대충 해치워 버리거나 성격이 치밀하지 못하고 덤벙댈 때도 쓰이는 의태어다.

이 시인처럼 이런 의태어 하나 가지고도 우주의 감각을 불러내는 상상력은 대단하다. 초보자에겐 가볍게 그러나 결코 가볍지 않게 시의 말법을 익힐 수 있는 길라잡이가 될 줄 믿는다. 숨구멍이 막힌 현실의 삶 속에서 비밀스러움의 언어와 시적 발상에 주목할 필요가 있다. 결국 무거운 현실과의 싸움 속에서 승리할 수 있는 길은 영혼의 자유로움이며 생명의 숨결이라는 '부드러운 힘' 이 극복의 대안이 될 수 있기 때문이다.

한국성사략韓國星史略

서정주(1915~2000)

천오백년 내지 천 년 전에는
금강산金剛山을 오르는 젊은이들을 위해
별은, 그 발 밑에 내려와서 길을 쓸고 있었다.
그러나 송학宋學이후, 그것은 다시 올라가서
치켜든 손보다 더 높은 데 자리하더니
개화일본인開化日本人들이 와서 이 손과 별 사이를 허무
로 도벽해 놓았다
그것을 나는 단신單身으로 측근하여
내 육체의 광맥을 통해, 십이지장까지 끌어갔으나
거기 끊어진 곳이 있었던가,
오늘 새벽에도 별은 또 거기서 일탈했다.
일탈했다가는 또 내려와
관류하고 관류하다간 또 거기 가서 일탈한다.
장腸을 꿰매야겠다.

보통 시인으로서는 흉내조차 낼 수 없는 금강산 위에 떠 있는 별을 물 속이나 계곡 또는 연못이나 바다도 아닌 자신의 창자 속까지 끌어내리는 상상력은 이 시인의 근육질 감각으로 넋을 잃게 한다. 천체 이미지와 신체 이미지를 꿰맞추어 봉합수술을 해버리는 시인의 발상은 다분히 역사적 상상력과 결합되면서 자신의 정신(정체성)을 드러낸다. 신체적 이미지는 서정주의 시 세계를 관통하는 중심 이미지이기도 하다. 화사花蛇를 예로 든다면, '얼마나 커다란 슬픔으로 태어났기에 저리도 징그러운 몸뚱어리냐//꽃다님 같다.' 처럼 헬레니즘의 육체성과 '꽃다님' 이라는 토속정서의 감각 언어의 발림을 볼 수 있다. 우리는 이것을 근육질의 언어라고 보아도 무방하리라. '한국성사략' 처음 석 줄만 읽어 보아도 신라의 향가인 '혜성가' 를 패러디하고 있음을 직감적으로 느낄 수 있다. 이 노래는 26대 진평왕 때 떠돌이 중인 융천사融天師가 지은 주술적인 노래다. 거열랑居烈郎 등 화랑 세 명이 낭도들을 거느리고 풍악(금강산)에 가서 놀고자 길을 떠나려던 참인데, 흉조를 알리는 혜성(떠돌이별)이 나타나 신라 왕궁으로 상징되는 심대성心大星을 범하였다. 이때 일행의 한 사람인 융천사가 이 노래를 지어 부르니 혜성이 사라지고 침입했던 왜군도 되돌아갔다고 삼국유사의 기록은 전한다.

이는, 그 당시 우주의 질서와 자연의 질서, 그리고 인간계의 질서가 통합을 이루어 원융회통의 정신으로 빛났음을 알 수 있고, 신라인의 상상력이 우주의 질서에 편승되어 마음대로 넘나들었음을 뜻한다. 다시 말하면 '한국성사략' 처음 석 줄은 혜성가에 보이는 "세 화랑이 금강산을 찾아가는 데, 별들이 내려와 그들이 가는 길을 쓸어 주었고, 그것을 잘못 알고 왜군이 쳐들어와서 혜성이 나타난 것이라고 아뢰는 사람이 있었다."의 패러디인 것이다.

이 상상력의 별을 서정주는 능청스럽게도 자기 창자 속에까지 끌어내려 천오백 년이나 일천년 전에는 금강산에 오르는 젊은이들을 위해 별이 내려와 산길을 쓸어 주었는데, 주자학(성리학)이 들어와 조선조 5백년의 역사는 치켜든 손바닥보다 조금 높은 곳에 위치하더니, 일제 식민지 치하가 되어선 일본인들이 그 손과 별 사이에 낭만적인 공간이나 정신도 죽여 버린 채 허무로 도배질을 해버렸다는 것이다. 그렇더라도 창자를 꿰면서까지 이 별을 그때의 하늘로 띄워 다시 산길을 쓸도록 하고 싶은데 별들은 자꾸만 궤도를 벗어나 일탈한다는 것이다. 창자를 꿰맨다는 말은 정신의 아픔 즉 창자가 찢어지는 고통을 참는다는 말이다. 그러나 우리말까지 빼앗아다가 이 허무로 일본인들이 도배질해 버린 그 밤하늘의 별을 보고 똑같이 아파하고 속죄양이 되어 「참회록」을 쓴 시인이 있었으니, 그가 다름 아닌 암흑기의 시인 윤동주였던 것이다. 그 시가 바로 『하늘과 바람과 별과 詩』의 시집에 나오는 「서시」이다.

죽는 날까지 하늘을 우러러
한 점 부끄럼이 없기를,
잎새에 이는 바람에도
나는 괴로워했다.
별을 노래하는 마음으로
모든 죽어가는 것들을 사랑해야지
그리고 나한테 주어진 길을
걸어가야겠다.

오늘 밤에도 별이 바람에 스치운다.

—윤동주 「서시」 전문

다시 말하면, 일본인들이 허무로 도배질 해 버렸다는 그 별을 홀로 찾아내서 잎새에 이는 바람에도 부끄럼을 감출 수 없어 그 별을 쳐다보고 순교자의 정신으로 노래했던 것이다.

바다의 층계層階

조향(1917 ~)

낡은 〈아코오딩〉은 대화를 관뒀습니다.

—여보세요!

〈뽄 뽄 따리아〉
〈마주르카〉
〈디이젤, 엔징〉에 피는 들국화,
왜 그러십니까?

모래 밭에서
수화기受話器
女人의 허벅지
낙지 까아만 그림자

비둘기와 소녀들의 〈랑데뷰우〉
그 위에
손을 흔드는 파아란 기폭들

나비는

기중기起重機의

허리에 붙어서

푸른 바다의 층계를 헤아린다.

이 작품에서는 장면과 장면, 이미지와 이미지의 연결이 우리의 일상적 감각을 벗어나고 있다. 다시 말하면 '치환은유'에서처럼 다른 사물들이 비교됨으로써 인지적 충격을 주는 것이 아니라 하등의 연관성이 없는 너무나도 이질적이고 당돌한 이미지들이 비논리적으로 병치되어 현실적 관념을 제거하거나 뛰어넘고 있다. 그래서 현실을 해체시켜 버리는 난해한 추상화와 같은 시적 효과를 던지고 있다. 3연의 '〈다이젤, 엔징〉에 피는 들국화' 라든가 4연에서 병치된 네 개의 이미지는 비교감각으로 설명되지 않는다. 마지막 연의 나비는 기중기의 허리에 붙어 있음으로써 원래의 장소인 꽃에서 추방되어 있다. 이런 병치는 모더니즘(초현실주의) 시의 주된 기법이며 심층심리 즉 무의식 탐구에서 나온 자동기술법(automatism)에 의한 이미지들이다.

1930년대 이상李箱을 주축으로 한 신백수(申白秀, 1915 ~ 1945), 이시우(생몰연대 미상) 등이 전개한 초현실주의인 쉬르리얼리즘(surrealism)의 영향에서 온 대표 작품이다. 참고로 쉬르 운동은 프랑스의 아폴리네르, 부르통, 루이 아라공, 엘뤼아르 등에 의해 추구된 20세기 문학운동으로 주목을 끌었다. 이른바 예술파괴를 주창한 1차대전 중인 1916년에 스위스에서 일어난 다다이즘(dadaism)을 계승한 전위파 예술을 말한다. 이상李箱의 경우 "1+3/3+1"과 같은 숫자와 "▽, ㅁ"와 같은 수식에서 언어의 한계에 직면한 난파선의 비극상을 볼 수 있다. 이는 이미 언어의 한계성을 넘어선 것이다. 그렇다면 이는 언어 자체에 대한 절망인가, 아니면 단순한 언어유희인가, 어쨌든 통사론적 구문구조를 깨기 위한 것만은 확실하다.

오렌지

大砲

匍匐

萬若자네가重傷을입었다할지라도피를흘리었다고한다면참 멋적은일이다

—이상, 「BOITEUX BOITEUSE」 부분

이에 어느 해설자는 오렌지/대포/포복/의 열거는 단지 세 단어(unit)의 병렬적 제시인데 오렌지는 여성의 성기, 대포는 남성의 성기 포복은 성교의 상징이라고 말한다. 그렇다면 이는 무의식의 자동기술법이기보다는 오히려 의도된 의미의 병렬성, 다양성, 다중성에 의한 이미지의 다양성을 실험한 것으로 보인다.

또 다른 고향

윤동주(1917 ~ 1945)

고향故鄕에 돌아온 날 밤에
내 백골白骨이 따라와 한 방房에 누웠다.

어둔 방房은 우주로 통하고
하늘에선가 소리처럼 바람이 불어온다.

어둠 속에서 곱게 풍화작용風化作用하는
백골白骨을 들여다보며
눈물짓는 것이 내가 우는 것이냐
백골白骨이 우는 것이냐
아름다운 혼이 우는 것이냐

지조志操 높은 개는
밤을 새워 어둠을 짖는다

어둠을 짖는 개는
나를 쫓는 것일게다.

가자가자

꽃기우는 사람처럼 가자

백골白骨 몰래

아름다운 또 다른 고향故鄕에 가자.

이 작품에는 C. 융이 말한 원형적 이미지가 사용되었다. 원형적 이미지는 모든 인간에게 유사한 의미나 반응을 환기시키는 심상(이미지)이다. 그러므로 이것은 어떤 작품의 개별적 의미나 정서를 초월하여 집단 무의식 속에 들어 있다. 예를 들면 '물'은 창조의 신비, 탄생, 죽음, 소생, 정화와 속죄, 풍요와 성장의 상징이다. 바다와 강은 생의 어머니, 영혼의 신비와 무한성, 죽음과 재생, 영원과 순간등을 상징한다.

또 존 프레이저의 신화 인류학적 바탕에서 보는 initiation(성인식, 입사식……) 즉 통과의례와 같은 것도 여기에 해당한다.

위의 작품을 프로이트의 성본능 패러다임이 아닌 융의 패러다임으로 정신구조를 분석하면 다음과 같다.

① 그림자(shadow) : 무의식적 자아의 어두운 측면(열등감, 즐겁지 않음) – 문학에서는 악마로 투사된다.

② 영혼(soul) : 인간의 내적 인격 완성의 측면, anima와 animus로 나누어진다.

Ⓐ anima : 몽상, 꿈의 언어, 이상적 자아, 조용한 지속성, 잠, 휴식, 평화, 사고기피, 식물, 다정함, 부드러움, 수동적, 선, 통합, 개인적, 여성적

Ⓑ animus : 현실, 삶의 언어(투쟁), 현실적 자아, 역동성, 낮, 염려, 야심(희망), 계획, 사고, 동물, 엄격, 힘, 능동적, 분열, 합리적, 남성적

③ 탈(脫) : 인간의 외적, 인격, 외부 세계와 관계를 맺은 자아, 즉 페르소나를 말한다.

위의 시에서 보면 식민지 시대의 청마, 육사 등 몇 시인을 제외하고는 대부분의 시인들이 각기 자기 작품들에 아니마를 투사시킨 것으로 보인다. (소월, 만해 등의 시적 화자는 대개 여성

성이다)

위의 작품에선 '눈물짓는 것이 내가 우는 것이냐/백골이 우는 것이냐/아름다운 혼이 우는 것이냐' 에서 정신구조의 원형이 그대로 투사된 것을 볼 수 있다.

①백골: 그림자(어둔 측면의 자아) 식민지 삶을 사는 부끄러운 자아, 즉 '탈' 로 볼 수 있다.(부끄러운 자아)

②아름다운 혼: 영혼 또는 아니마의 원형(이상적 자아)

③내가 우는 것이냐: 탈(화자)의 원형인 '나' 현실적 자아

그러므로 부끄러운 자아(백골) 이상적인 자아(혼) 현실적인 자아(나) 로 분리되며 이상적인 자아(혼)와 현실적인 자아(나)가 추구하는 곳이 '또 다른 고향' 이라는 시인이 추구하는 이상적 세계인 셈이다.

그리고 '지조 높은 개가 어둠을 짖어 나를 쫓는 것일' 것이라는 그 부끄러움이 다름 아닌 '나는 개보다 지조가 없는 사람' 이라는 그 절망적인 심리작용이 투사현상인 '개' 로 표출되어 있음도 수 있다.

알바트로스(L'Abatros)

보들레르(1821 ~ 1867)

자주 뱃사람들은 장난삼아
거대한 알바트로스를 붙잡는다
바다 위를 지치는 배를 시름 없는
항해의 동행자인 양 뒤쫓는 해조를.

바닥 위에 내려놓자, 이 창공의 왕자들
어색하고 창피스런 몸짓으로
커다란 흰 날개를 돛대처럼
가소롭고 가련하게도 질질 끄는구나.

이 날개 달린 항해자의 그 어색하고
나약함이여!
한때 그토록 멋지던 그가 얼마나
가소롭고 추악한가!
어떤 이는 담뱃대로 부리를 들볶고
어떤 이는 절뚝 절뚝, 날던 불구자 흉내낸다!

시인도 폭풍 속을 드나들고 사수射手를 비웃는
이 구름 위의 왕자 같아라.
야유의 소용돌이 속에 지상에 유배되니
그 거인의 날개가 걷기조차 방해하네.

보들레르는 시집 『악의 꽃』에서 시인의 존재를 이렇게 자조하고 있다. 그러나 시인의 존재는 여기서 끝나지 않는다. 비록 시인은 천상에서 지상으로 유배되었다 할지라도 그 존재가치를 스스로 규명해 내지 못하면 설 땅마저 잃어버린다. '영원히 아름다운 것이 우리를 질리게 한다.' 라든가 '하늘 아래 새로운 것은 없다.' 등은 보들레르 시학에서는 '추악함의 아름다움' 이야말로 진실에 이른다고 정의한다. 이 진실은 '악의 꽃' 배경을 이루면서 고상한 품위로 논의되는 돈, 명예, 권력, 그 어느 것도 이 추악함의 자리와는 바꿀 수 없다는 뒤집기의 역설이 곧 시인의 정체성임을 말하고 있다. 따라서 '아름답다' 라는 개념은 시 창작에서 시인의 마음이 사물에 부딪혀 뜻이 일어나고 그 뜻(진실)의 '깨달음'이 독자에게 전달되는 것을 말한다. 알바트로스는 우리말로 신천옹神天翁이라고도 번역되는 바닷새다.

산山

김광섭(1905 ~ 1977)

이상하게도 내가 사는 데서는
새벽녘이면 산들이
학처럼 날개를 쭉 펴고 날아와서는
종일토록 먹도 않고 말도 않고 엎댔다가는
해질 무렵이면 기러기처럼 날아서
틀만 남겨 놓고 먼 산 속으로 간다

산은 날아도 새둥지나 꽃잎 하나 다치지 않고
짐승들의 굴속에서도
흙 한 줌 돌 한 개 들성거리지 않는다
새나 벌레나 짐승들이 놀랄까봐
지구처럼 부동의 자세로 떠간다
그럴 때면 새나 짐승들은
기분 좋게 엎데서
사람처럼 날아가는 꿈을 꾼다

산이 날 것을 미리 알고

사람들이 달아나면
언제나 사람보다 앞서 가다가도
고달프면 쉬란 듯이 정답게 서서
사람이 오기를 기다려 같이 간다

산은 양지바른 쪽에 사람을 묻고
높은 꼭대기에 신神을 뫼신다

산은 사람들과 친하고 싶어서
기슭을 끌고 마을에 들어오다가도
사람 사는 꼴이 어수선하면
달팽이처럼 대가리를 들고 슬슬 기어서
도로 험한 봉우리로 올라간다

산은 나무를 기르는 법으로
벼랑에 오르지 못하는 법으로

사람을 다스린다

산은 울적하면 솟아서 봉우리가 되고
물소리를 듣고 싶으면 내려와 깊은 계곡이 된다
산은 한번 신경질이 되게 나야만
고산高山도 되고 명산名山도 된다.

산은 언제나 기슭에 봄이 먼저 오지만
조금만 올라가면 여름이 머물고 있어서
한 기슭인데 두 계절을
사이좋게 지니고 산다.

사물을 장악하여 정情을 펴내는 것抒을 정서 즉 서정抒情이라 한다. 정(마음)이 발동하지 않고 고요한 상태를 성性이라고 한다면 마음이 사물(세계)과 부딪혀 일어나는 마음의 율동이 정이

다. 마음의 율동이 정서 속에 들어오면 이 세계의 사물은 그 어느 것 하나도 무정한 것이 없고 죽은 사물이 없다. 이른바 만물유생萬物有生이다. 여기서부터 상징과 비유에 의한 시적 언어가 생겨난다. 이 생명활동을 마음의 눈(직관력)으로 보고 정情을 운문(verse)에 실어 펴내면 그것이 서정시다. 山을 어떻게 볼 것인가? 노자의 세계를 알려면 노자의 눈으로 보고, 랭보의 세계를 알려면 랭보의 눈으로 보라는 말이 있다.

노자의 눈이거나 랭보의 눈이거나 이 세계의 사물은 모든 것이 살아서 생명활동을 일으킨다. 위의 시 「山」을 보면 노자에서 가장 시적으로 씌여졌다는 '곡신불사谷神不死의 장' 인 그 '현빈玄牝' 이 눈에 선하게 보인다. 이 현빈(신묘한 여인)이 바로 골짜기에 숨어 사는 여인이므로 선녀다. 선녀란 '人+山' 의 표기로 보아 알 수 있듯이 골짜기의 여자다.

山이란 상형자인 상징어를 여자라고 표상물을 띄웠을 때 이 세계는 부드러움의 세계며 생산의 세계며 노동의 세계, 신이 찬미하는 세계다. 이것이 곧 아니마(anima)의 세계다. 아니마의 세계는 투쟁이나 돌출성이 없는 세계이며, 여성적인 부드러움이 충만한 세계다. 돌출성이란 물론 이 골짜기에 솟아난 불꽃같은 산봉우리들이겠는데이는 곧 메마른 아니무스(animus)

의 세계다. 김광섭의 「산」에는 이 양면의 세계를 통합하는 삶의 철학이 고스란히 나타난다. 시창작 과정에서도 山을 보는 여덟 가지의 관점이 ①연에서부터 ⑧연까지 순차적으로 전개되어 있어 사물이 우리에게 어떻게 말을 걸어오고 그 오묘한 세계를 열어 보이는지를 설명하고 있다. 노자의 눈을 통해 본다면 이 세계는 '곡신불사' 의 세계며 현빈이 만들어 낸 물활론의 세계며, 에로티즘으로 충만한 세계다. 고통스런 일을 겪을 때 '가도 가도 산' 이라거나 고매한 인격을 갖춘 사람을 가리켜 '그는 의젓한 산이다' 라는 단순한 비유감각으로는 시가 되지 않는다. 분석, 통합, 비판 능력을 소유하여 통찰로 사물의 세계를 끌어내는 자기만의 체험으로 자기가 들어가 살 집을 지어내야 한다. 그래서 시를 하나의 '언어의 건축물' 이라고 함도 이 때문이다. '산이 날 것을 미리 알고/사람들이 달아나면/언제나 사람보다 앞서 가다가도/고달프면 쉬란 듯이 정답게 서서/사람이 오기를 기다려 같이 간다' 의 3연을 패러디의 미학에서 보면 친밀감으로 아니마의 세계를 열어 보인 것이고, '산은 사람들과 친하고 싶어서/기슭을 끌고 마을에 들어오다가도/사람 사는 꼴이 어수선하면/달팽이처럼 대가리를 들고 슬슬 기어서/도로 험한 봉우리로 올라간다.' 의 5연은 산의 적대감으로 아니무스(남성적)의 공격성을 열어 보인 것이다. 이것이 곧 단순한 비유가 아닌 통찰능력이다.

아파트묘지

장정일(1962 ~)

홀린 듯 끌린 듯이 따라갔네
그녀의 희고 아름다운 다리를
나 대낮에 꿈결인 듯 따라갔네
또각거리는 하이힐은 베짜는 소린 듯 아늑하고
천천히 좌우로 움직이는 엉덩이는
항구에 멈추어 선 두 개의 뱃고물
물결을 안고 넘실대듯 부드럽게 흔들렸네
나 대낮에 꿈길인 듯 따라갔네
도시의 생지옥 같은 번화가를 헤치고
붉고 푸른 불이 날름거리는 횡단보도와
하늘로 오를 듯한 육교를 건너
나 대낮에 여우에 홀린 듯이 따라갔네
어느덧 그녀의 흰 다리는 버스를 타고 강을 건너
공동묘지 같은 변두리 아파트로 들어섰네
나 대낮에 꼬리 감춘 여우가 사는 듯한
그녀의 어둑한 아파트 구멍으로 따라 들어갔네
그 동네는 바로 내가 사는 동네!

그녀는 나의 호실 맞은 편에 살고 있었고
문을 열고 들어서며 경계하듯 나를 쳐다봤네
나 대낮에 꿈길인 듯 따라갔네
낯선 그녀의 희고 아름다운 다리를

시의 표현이 좀 거칠기는 하지만 이 시대에 에로스의 미학을 천착하며 8등신의 각을 가장 잘 떠내는 시인, 특히 여인의 육체에서 상상력의 이미지를 가장 잘 자극시키는 부위는 황새목과 개미허리와 사슴다리라는데 그가 쓴 「아파트묘지」는 숨겨둔 속이야기이고 겉이야기는 여자의 희고 아름다운 다리에 대한 묘사다.

이 세계의 일체는 '상형문자이고 시인이란 다름 아닌 번역자이며, 암호의 해독자' 라고 말한 보들레르의 시학을 뒤집는다면 이 시인이야말로 육체의 상형문자를 벗기고 그 암호를 해독하기 위해서 탄생한 시인 같다. 또 다른 시 「늙은 창녀」에서 보듯이 시인은 도대체 에로스의 부위를 놓고 얼마나 많은 각을 떠내고 해체문법으로 그것을 해체할 수 있을 것인가를 묻지 않을 수 없게 한다. 이처럼 한 편의 시에선 극적인 텐션을 몰아가기 위해서 속이야기 즉 인식소(주제)와 겉이야기, 즉 화소話素가 다른 경우가 있는데 시도, 한 편의 드라마로 연출되는 기법을 사용할 때 독자를 낯설게 하고 당혹하게 만든다. 이 또한 '시치미 떼기' 라고 말할 수 있다.

가을

릴케(1875 ~ 1926)

나뭇잎이 떨어진다, 하늘나라 먼 정원이 시들 듯
저기 아득한 곳에서 떨어진다
거부하는 몸짓으로 떨어진다.

그리고 밤마다 무거운 대지가
모든 별들로부터 고독 속으로 떨어진다.

우리 모두 떨어진다, 여기 이 손도 떨어진다
다른 것들을 보라, 떨어짐은 어디에나 있다.

하지만 이 떨어짐을 한없이 부드럽게
두 손으로 받아올리는 어느 한 분이 있다.

릴케는 1902년 9월 파리에서 쓴 이 시에서 포괄적으로 자연의 법칙성을 노래하고 있다. 이 작품에선 '떨어진다' 는 말을 주

도어로 사용하고 있다. 전체 시행이 9행으로 된 시에서 '떨어진다' 는 말이 일곱 번이나 등장한다. 가을은 결실의 계절이기도 하지만 또한 낙하의 계절이기 때문이다. 그러므로 '떨어진다' 는 말을 반복적으로 사용해서 전체의 시상을 전개하고 있다. 시든 나뭇잎들의 거부하는 몸짓은 인간의 거부하는 손짓을 연상시킨다. 가을 낙엽의 '떨어짐' 은 관찰자의 감정 속에서 확대되어 초자연적인 것으로까지 상승한다. 즉 대지가 떨어지고, 떨어진 것들은 모든 것들 속에 깃들여, 마침내 떨어짐은 초월자적인 존재의 손에 의해서 받아 올려진다. 이처럼 받아 올림으로서 인간을 구원하는 구원의식이 이 시의 주제로 다가선다.

따라서 이 시의 중심 이미지는 낙엽들의 떨어짐과 받아 올림의 극단적 대립 관계를 성립시킨다. 받아 올리는 어느 한 분의 양손은 십자가에 못 박혀 피를 흘리는 예수의 대속적 사랑을 연상할 수도 있으며 '사랑' 이란 릴케에게는 범애주의자(릴케는 기독교 신자가 아님)로서의 커다란 가치정신이기도 하다.

'떨어짐' 의 그 절망적인 고독감이 받아 올리는 양손에 의해 넉넉한 구원을 획득하고 있는 것이다. 즉 '떨어진다' 를 일곱 번이나 사용하여 시상을 이끌어 갔고 마지막 결구연의 '받아올림' 에 의하여 이 시의 상상력은 깊이를 더해 우리를 가치로운 정서에 도달하게 한다. 릴케야말로 20세기 최고의 서정시를 완성한 시인이다. 그 이름이 결코 헛말이 아님도 알 수 있게 한다.

한편이 시에서 '구원의식'이 있고 없음에 따라 그레샴의 법칙(악화가 양화를 구축한다)이 성립한다는 것을 알아 둘 필요가 있다. 구원의식이야말로 감탄만 있는 시대의 시를 감동의 시로 끌어 올리는 지름길이 된다.

나의 어머니

베르톨트 브레히트(1898 ~ 1956)

그녀가 죽었을 때, 사람들은 그녀를 땅 속에 묻었다.

꽃이 자라고, 나비가 그 위로 날아간다……

체중이 가벼운 그녀는 땅을 거의 누르지도 않았다

그녀가 이처럼 가볍게 되기까지, 얼마나

많은 고통을 겪었을까!

흔히 우리는 '어머니' 라면 너무나 무거운 느낌을 갖는다. 어머니의 일생이 헌신과 사랑으로 일관되어 고통을 수반하는 존재로 파악되기 때문이다.

그러나 브레히트는 '가볍다' 라는 주도어를 사용해서 이 무거운 고통을 드러낸다. 위의 시에선 '가볍다' 라는 말이 전체 시행 속에서 2회 반복적으로 사용, 주제를 드러낸다. 가벼움으로서 오히려 무겁게 드러내는 시의 역설구조를 전체 시상으로 드러내고 있어 '가볍다' 라는 말이 얼마나 절묘하게 사용되고 있는가를 알 수 있다. 브레히트의 유명한 작품으로는 「살아남은 자의 슬픔」이 있다.

낙산사 가는 길 · 3

유경환(1936 ~)

세상에
큰 저울 있어

저 못에 담긴
고요
달 수 있을까

산 하나 담긴
무게
달수 있을까

달 수 있는
하늘 저울
마음일 뿐

위의 시가 나오기까지 인식능력의 바탕이 되었던 화두話頭는 무엇이었을까. 이 세상의 어떤 '큰 저울'도 '저 못에 담긴/고요'와 '산 하나 담긴/무게'를 달 수 없다는 것, 그리고 그것들을 달 수 있는 것은 오직 '하늘 저울/마음일 뿐'이라는 것을 깨달음으로 내세우고 있다. 아마 이 시를 이해하기 위해서는 다음의 화두를 통한 지적 발산능력이 그 첫 관문이 될 터이다.

스님 : 너는 저 산이 움직이고 있는 모습을 볼 수 있느냐?
학승 : 네, 그렇습니다.
스님 : 그러면 그것을 어떻게 볼 수 있느냐?
학승 : 스님, 산을 보지 말고 저 연못 속을 보십시오.
스님 : 그래, 연못이 깊으니 산하나 품을 만하구나!
학승 : 깊어서가 아니라 물이 맑습니다.
스님 : 그러면 이 산의 무게가 얼마나 되겠느냐?
학승 : 가볍습니다.

우리는 여기서 팔만대장경도 잘 읽으면 손바닥에 心字 하나 남고 잘못 읽으면 빨래판이란 것을 알 수 있다. 그러므로 오직 있는 것은 마음일 뿐이고 '一切唯心造(일체유심조)'라는 사실이다.

사람

유안진(1941 ~)

'다 지으시고 마지막 날 제6일에
사람을 지으시다'

그러므로 말째야
대자연의 6분의 1에 지나지 않으며
맨 끄트머리 말석이 네 차례야

물과 흙과 돌멩이…하루살이까지도
앞서 태어나신 형님들이시고
가장 마지막 끝날 끝 순간에
말째로 지으신 바 사람아
가장 잔인하고 흉물스런 짐승아

위에서 보면 창세기 1장 28절 '하나님이 그 모든 것을 지으시고 보시니, 보시기에 심히 좋았더라' 모든 인간에게 주어진 그

권능이 권능으로서의 올바른 직능을 가지려면 어떻게 해야 하는가를 정곡으로 찌르고 있다. 즉 '물과 흙과 돌멩이…하루살이까지도/앞서 태어나신 형님들' 이며 인간은 맨 끄트머리 말석이 바로 그 자리인 것이다.

자연의 질서는 그대로의 생명법칙이며 우주정신으로 통합되는 정신이다. 그러므로 블레이크는 진리는 이성으로부터 나오는 것이 아니라 '시적 인식' 즉 상상력으로부터 나온다고 했다. 그의 예언의 시집들에서 손에 닿은 천국의 이름은 꽃, 구름, 여자, 행동이라고 했다. 이것이 곧 새로운 '예루살렘의 건국' 이라고 선언한다.

공장지대

최승호(1956 ~)

무뇌아를 낳고 보니 산모는
몸 안에 공장지대가 들어선 느낌이다
젖을 짜면 흘러내리는 허연 폐수와
아이 배꼽에 매달린 비닐끈들
저 굴뚝과 나는 간통한 게 분명해
자궁 속에 고무인형 키워 온 듯
무뇌아를 낳고 산모는
머리 속에 뇌가 있는지 의심스러워
정수리 털들을 하루종일 뽑아댄다

무뇌아 출생의 충격적 사태가 바로 우리 삶을 포박하고 있다. 지금 인류는 환경오염과 생태파괴의 총체적 재난 속에 놓여 있다. 생태학(ecology)이란 용어는 원래 1869년 독일의 동물학자 에른스트 헤겔에 의하여 '유기체와 주위 환경세계와의 관계를 연구하는 총괄적 학문'이란 뜻을 지닌다. '진보와 성장의 한계'에 대한 철저한 인식과 인간중심주의를 벗어나 비인간의 자연

세계에 대한 윤리적 가치 위에서 그 토대가 마련되었다. 또한 영국의 경제학자 찰스 핸디는 「헝그리 정신」에서 성장과 부, 풍요만을 쫓는 자본주의에 대한 근본적 반성을 촉구할 뿐만 아니라 생산과 소비를 구조조정하여 패러다임을 수정할 것을 제안하고 있다. 또 1993년 로마클럽 보고서 「성장의 한계The Limits to Growth」에 대하여 인간중심의 윤리가 아니라 생태계 전체의 상호의존과 생명에 대한 윤리적 의무를 강조하는 생명윤리중심(Life Centerd ethics) 선언문을 선포하기도 했다. 「헝그리 정신」에 나타난대로 '지금이 속도전이라면 1백년 후에는 16배의 소비로 16배의 음식을 먹고, 16배로 석유와 가스를 소비하고 자동차나 텔레비전을 사고……. 이런 부의 축적이 무슨 소용이란 말인가?' 라고 질문한다.

특히 문학생태학(Literary ecology)란 용어를 처음으로 사용한 조셉 마커는 「생존의 희극」(1974)에서 문학의 당면 과제는 생태 위기의 극복에 중요한 역할을 역설했다. 그리고 생태비평(ecocriticism)이란 용어를 처음 쓴 미국의 윌리엄 루켓은 이 용어의 상부개념인 생태비평에는 녹색문학, 생태 페미니즘과 같은 하부개념이 있다고 했다. 하지만 비평이론에서 환경과 생태주의에 대한 관심의 제고는 90년대를 전후한 최근에 와서야 극성을 떨기 시작했다.

어쨌든 밀레니엄 세기를 맞아 생태비평은 전인류적 문제로 떠올랐으며 학문적 담론의 가장 현실성 있는 핵심과제로 부상했다. 그러나 에코토피아와 테크노피아가 내세우는 다음과 같은 발언도 유의 깊게 들여다보아야 할 것이다.

진보(Progressi)가 반드시 생명(life)과 양립하는 것은 아니다. 우리가 감금되어 살고 있는 세계가 끝이 보이는 시대가 왔다. (1992년 Rio 유엔 환경회의 부트로스 갈리 유엔 사무총장)

가을 강

한광구(1944 ~)

햇살은 쏟아져 내리고
강물은 하얗게 재잘거리네
바람이 불고
재재재
주머니 속에 휴대폰이 울리네.
-자기? 지금 어디야?
-응, 내일은 돌아갈 거야.
오늘을 같이 흘러가는 사람들과
반짝이는 물 비늘로 정담을 나누다가
문득 먼데서 온 전화를 받는
저 사람
그리고 이 사람
직사각형으로 뜨는
사이버의 하늘에
전자파로 맺어지는 인연들
출렁이는 강물아래 잉어 한 마리 놀고
잎새 떨어져 흘러가는

가을 강에
한 생애가 너무 가볍게
익어가고 있구나.

「풀리는 한강 가에서」가 1950년대에 나온 작품이라면, 위에 소개한 한광구의 「가을 강」은 초고속 정보 산업사회로 깊숙이 들어와 있는 2천 년대의 작품이다. 지난 세기엔 낯설었던 인공적인 '사이버 하늘'이 핸드폰에 떠올라 가을 하늘과 대조를 이루고 있다. 강의실은 그만두고라도 야외의 가을 강을 거닐며, 그 사이버의 하늘에 뜨는 문자판을 들여다보고 재재거리는 정보(유통)언어는 도무지 사람의 목소리라고는 생각할 수 없다. 동시에 그것을 전자파로 맺어지는 인연이라고 본다면, 또는 사랑이라고 본다면 한 생애가 기계음에 의해서 농락당하는 가벼운 것일 수밖에 없다. 가상공간과 시간이 아니라 반짝이는 가을 강이 물 비늘로 정담을 나누는 일이야말로 소외된 인간성을 회복하는 일이라는 시인의 각성이 「가을 강」의 메시지인 셈이다.

이런 깨달음이 곧 존재확인으로서의 이 시를 쓰게 한 모티브가 된다. '생각하므로 존재한다' 가 아니라 '클릭하므로 나는 존재한다' 는 말이 실감나는 시대다.

사랑하는 까닭

한용운(1879 ~ 1944)

내가 당신을 사랑하는 것은 까닭이 없는 것이 아닙니다
다른 사람들은 나의 홍안만을 사랑하지마는
당신은 나의 백발도 사랑하는 까닭입니다

내가 당신을 기루어하는 것은 까닭이 없는 것이 아닙니다
다른 사람들은 나의 미소만을 사랑하지마는
당신은 나의 눈물도 사랑하는 까닭입니다

내가 당신을 기다리는 것은 까닭이 없는 것이 아닙니다
다른 사람들은 나의 건강만을 사랑하지마는
당신은 나의 죽음도 사랑하는 까닭입니다.

이원적 대립(binary opposition)관계로 이루어진 시다. 한용운의 시에 사용되는 전도의 방법에는 등가성의 반복이 상상력의 이원적 대립을 통하여 서정시의 동일성을 회복하는 경우가

많다. 아이러니나 해학, 풍자 등의 알레고리(allegory) 또는 역설(paradox) 등의 방법에 의하여 시상의 의미 지향이 같은 방향으로 진행되는 '확장' 과는 다르다. 예시 문장을 들면 이렇다. '①딱따구리는 없는 구멍도 잘도 뚫는다. ②우리 님은 있는 구멍도 못 뚫는다.' 등은 상반된 운명을 노래하고 있는 것이 된다. '구멍을 뚫는다' 는 진술은 양자 공히 '행복한 삶' 이 주제로 되어 있는데 앞 문장으로 걸리는 시의 내용은 확장이지만 뒤의 문장으로 걸리는 내용은 전도이다. 동시에 육체코드로 남는 시가 아니라 정신주의 코드로 남는 시다.

같은 '사랑시' 라도 육체코드(에로스)가 빠져 있을 때는 이처럼 공허하다. 몸시학이 뜨고 있는 것도 이 때문이다.

상현上弦

나희덕(1966 ~)

차오르는 몸이 무거웠던지
새벽녘 능선 위에 걸터앉아 쉬고 있다
신神도 이렇게 들키는 때가 있으니!

때론 그녀도 발에 흙을 묻힌다는 것을
외딴 산모퉁이를 돌며 나는 훔쳐보았던 것인데
어느새 눈치를 챘는지
조금 붉어진 얼굴로 구름 사이 사라졌다가
다시 저만치 가고 있다

그녀가 앉았던 궁둥이 흔적이
저 능선 위에 아직 남아 있을 것이어서
능선 근처 나무들은 환한 상처를 지녔을 것이다
뜨거운 숯불에 입술을 씻었던 이사야처럼.

시 쓰기 원리에서 보면 접속의 기법이란 것이 있다. 접속의 서로 접속된 개념이나 사물을 원용하여 진술을 확장하는 방식이다. 시간적 진행에 따라 새벽 능선에 주저앉은 초승달의 애틋하고 아련하면서도 서늘한 그림 한 폭을 제시하고 있다. ①, ②, ③, ④연은 이 순차적인 시간과 공간에 따른 확장이미지라 할 수 있다. 상현上弦은 초저녁에 뜨는 달인데 '새벽 능선 위에 걸터앉아 쉬고 있다' 의 묘사는 하현下弦이 아닐까?

이런 그림 한 폭을 훔쳐보고 삶과 죽음을 새롭게 해석하는 자가 모름지기 시인이다. 조선 후기 두기杜機 최성대(崔成大:1691 ~ 1761)는 바로 이런 천기론적 자연 인식을 토대로 그의 시 세계를 추구한 시인이었다. 그가 친구인 신유한申維翰과 대화를 나누면서 남긴 시에 대한 생각을 다음과 같이 피력하고 있는데 「上弦」 또한 이 천기론적 코드가 꽂혀 있음을 볼 수 있다.

'내가 견지하여 즐기는 바는 천기입니다. 하늘의 형상은 해, 달, 별, 바람, 비, 서리, 이슬로 나타나고, 땅의 형상은 산천초목, 조수, 물고기로 나타납니다. 누가 이러한 사물을 빚어냈으며, 누가 이를 갈고 닦아 빛나게 하였으며, 누가 아무 일 없이

거하면서 찬란하게 그 형상을 만들어 놓았겠습니까?……(중략)…… 대저 사물이 천만가지 빛깔로 화려하게 변화하면서 자연스럽게 기를 펴고, 자연스럽게 움직이는데, 색색이 자연이 낳은 것이요, 가지가지가 천연의 취향입니다. 이 모든 것이 감흥을 일으키게도 하고, 사물의 변천을 관찰하게도 하며 무리지어 원망하게도 할 수 있습니다.'

겨울 판화版畵

이수익(1942 ~)

겨울 나루터에 빈 배 한 척이 꼼짝없이 묶여 있다.
아니다! 빈 배 한 척이 겨울 나루터를
단단히 붙들고 있는 것이다.

서로가 홀로 남기를 두려워하며
함께 묶이는 열망으로, 더욱 가까워지려는
몸부림으로, 몸부림 끝에 흘리는 피와

오오 눈물겹게 찍어내는
겨울 판화版畵

풍경은 상처라는 말을 떠올리게 한다.

서로가 이를 악물고 어떻게든 이 강추위 속에서 살아남으려는 열망과 이를 악물고 버텨내려는 극기克己의 몸부림은 그대로 얼음판에 돌을 던져보는 행위와는 또 다른 즉 그 행위와 주체마저 보이지 않는 객관화된 풍경으로 철철 피를 흘리게 한다. 그러므로 시란 설명이나 구차한 진술이 필요 없는 이와 같은 그림 한 폭이면 족하다. '너는 겨울 나루터, 나는 거기에 묶여 있는 빈 배' 이 두 개의 정물이 만들고 있는 겨울 강가에서 우리가 살아남는 방법은 '열망' 이란 대안 말고는 다른 방법이 없을 것이다. 그래서 옥타비오 파스는 『활과 리라』에서 자살에 이르지 않는 방법은 열정(엑시타시), 시, 연애(사랑)라고 말한다.

읍내에 갔다가 돌아오는 둑길에는

이준관(1949 ~)

읍내에 갔다가 돌아오는 둑길에는
새떼들도 밟지 않은 저녁놀이 아름답구나.
사과 속에서 여름의 촌락村落들은,
마지막 햇빛을 즐기며 천천히 익어간다.
연한 풀만 가려 뜯어먹던 암소는 새끼를 뱄을까,
암소가 울자
온 들녘이 다정다감한 어머니로 그득하다.
지붕 위에 초승달 뜨고,
오늘 저녁, 딸 없는 집에서는
저 초승달을 데려다가 딸로 삼아도 좋으리라.
게를 잡으러 갔던 아이들은
버얼겋게 발톱까지 게새끼가 되어 돌아오고,
목책이 낮아,
목책밖으로 자꾸 뛰쳐나가기만 하던 하늘은
조금씩, 어두워져 돌아온다.
처녀들이 몰래 들어가 숨은 꽃봉오리는
오늘 저녁,

푸른 저녁 불빛들에게 시집가도 좋으리라.

시의 이미지는 도시 이미저리와 농촌 이미저리로 갈라 볼 수 있다. 이 두 이미지의 상극과 갈등은 1970년대부터다. 흙의 전통세대와 냉장고 세대로 요약될 수 있다. '햄버거의 명상' 세대에게는 상당히 낯선 정서일수도 있다. 그러나 전통이 없으면 목동 없는 양떼와 같고, 혁신이 없으면 그것은 양떼 없는 목동과 같다.

흙의 정서는 길들여져 익숙한 정서이지만 햄버거의 정서는 아직은 길들여지지 않고 고전화도 되지 않은 카페정서로 우리 향토성과 만났을 때만 육화될 것이다. 요즘 난무하고 있는 시의 이미지들이 그렇지 아니한가. 흙의 정서가 사라질 위기라고들 말하지만, 그때에도 여전히 둑방길에 노을은 뜰 것이고 초승달은 떠서 온 들판이 어머니로 가득할 것이다. 때묻지 않는 자연은 위대한 경전 같아서 영원한 인류의 거처가 될 것이기 때문이다.

차창 밖으로

송종찬(1966~)

어떻게 하면 부안 들녘 논 한 가운데 혼자 서 있는 민가처럼 아침 햇살에 따순 김을 피워낼 수 있을까. 천리 만리 길을 만들어 모두 떠나가고 없을 때 홀로 마을이 되어 십리 밖 눈 속에 손발 잘려나간 뒤에도 기나긴 겨울밤을 견딜 수 있을까. 아침이면 바다를 건너온 겨울 철새들의 소금기를 말려주는 간이역이 되었다가, 저녁이면 스스로 몸을 낮추고 저녁 예불소리를 온몸으로 받아 내는 창창한 대밭. 겨울 벌판에 지문처럼 박혀 내일은 파도가 높을까 행여 집 떠난 딸이 돌아오지나 않을까 고군산열도 파도소리를 꿈꾸며, 어떻게 하면 혼자서도 사람이 되고 누군가를 향해 마음쓰지 않아도 되는 걸까.

여행 또는 스쳐가는 풍경이 결코 즐거운 것은 아니리라. 어쩌면 그 풍경은 지옥행 열차를 타고 가면서 만나는 아픈 상처들일 수도 있다.

동시에 시인이 풍경을 만드는가, 풍경이 시인을 만드는가의 물음은 대단히 중요한 물음일 수도 있다. 부안 들녘을 지나며 들판 가운데서 아침 햇살에 따순 김을 피워 올리는 민가나 독가촌에서 만나는 쓸쓸함의 정서는 다분히 한국적 풍경이기도 하다. 또는 거뭇거뭇 찍혀 있는 그 대밭 풍경은 그대로가 쓸쓸한 수묵담채화이기도 하다. 이 쓸쓸함의 정서가 곧 누군가를 그리워 할 수밖에 없는 긴 여정이기도 하리라.

아름답고 푸른 하루

이기철(1943~)

나무의 키가 크면
산의 키도 따라 큰다
산은 들을 보듬고
들은 온종일
산을 쳐다본다

들에는 제 이름만큼의 반짝이는
풀들이 있고
숲에는 내 말을 잘 알아듣는 새들이
부리로 햇볕을 물어다 나뭇가지에 동여맨다

물이 나무 뿌리를 씻어
나무의 발등이 하얗다
나무들의 숨소리가 너무 커서
나는 잠시 숨을 멈춘다
초목들은 가끔 바람의 힘을 빌어
잎새들의 흰 배를 뒤집기도 하지만

하늘은 말없는 푸른 보자기를 펴
산의 키를 덮어준다

여러 번 들으면 물의 마음도 알 것 같아
물 따라 걸으며 옷깃 적신다
걷다가 잠시 발을 멈추면
벌레 울음이 명주실같이
발에 잠긴다
꽃 피는 소리 마음에 들어와
내 마음 속 메아리가 된다

「어인리의 푸른 나무들」이란 부제가 붙은 이 시는 '아름답고 푸른 하루'의 찬미다. '들을 보듬고/들은 온종일/산을 쳐다본다'에서 초록물이 뚝뚝 듣기면서 '아름답고 푸른 하루'의 시간과 공간이 열린다. 그런 시간과 공간 속에서 사물들은 하나씩 의미(존재)를 부여받고 생명의 율동으로 넘쳐난다. 이 엄청난 축복 속에서 물 따라 걸으며 옷깃을 적시는 것으로 서정시의 동일성이 회복되고 꽃피는 소리까지도 마음에 메아리를 일으킨다. 그래서 '아름답고 푸른 하루' 는 조용하고 따뜻한 감촉으로 구원의식을 던진다. 자연의 찬미다.

뻐꾸기는 울어야 한다

이문재(1959 ~)

초록에 겨워
거품 물까 봐
지쳐 잠들까 봐
때까치며 지빠귀 혹여 알 품지 않을까 봐
뻐꾸기 운다.

남의 둥지에 알을 낳은 뻐꾸기가
할 일은 할 수 있는 일은
울음으로 뉘우치는 일
멀리서 울음 소리로 알을 품는 일
뻐꾸기 운다

젊은 어머니 기다리다
제가 싼 노란 똥 먹는 어린 세 살
마당은 늘 비어 있고
여름이란 여름은 온통 초록을 향해
눈 멀어 있는 날들

광목천에 묶여 있는 연한 세 살
뻐꾸기 울음에 쪼여 지빠귀가
빨갛게 문드러지는 대낮

그곳 때까치 집, 지빠귀 집,
뻐꾸기가 떨어뜨려 놓고 간 아들 하나
알에서 나와 운다
뻐꾸기 운다.

뻐꾸기는 왜 울까?라는 물음(의심)에서부터 시작되어 그 '우는 까닭'에 발견적 의미가 실려 있다.

뻐꾸기는 왜 울까? 1연에서 보면 초록에 지쳐 잠들 것 같은 날, 때까치며 지빠귀 혹여 알 품지 않을까 봐 뻐꾸기 운다고 그 까닭을 밝히고 있다. 뻐꾸기가 탁란조托卵鳥라는 사실을 알면 그 이유는 간단하다. '탁란조라는 사실을 아는 것' 이것이 이 시에 대한 인식소다. 이 인식소가 곧 인문학적 바탕에서 온다는 것을 알면 현대시는 그 이해와 감상에서도 인문학적 바탕이 없으면 불가능하다는 것도 알 수 있다.

동시에 '이 뭐꼬?' 의 물음은 가령 부분적 은유의 체계에서도 해당된다. 3연에서 보면 '지빠귀가 빨갛게 문드러지는 대낮' 이라는 가공할만한 표현이 나오는데 이는 뻐꾸기가 얼마나 줄창 같이 울어대면 알을 품고 있는 지빠귀가 빨갛게 문드러졌을까 하는 독자의 상상력을 유발시키는 표현이라고 하겠다. 한 편의 시에서 이런 표현은 독자를 끌어 안는 감동의 요소가 된다.

겨울 강

박남철(1953 ~)

겨울 강에 나가
허옇게 얼어 붙은 강물 위에
돌 하나를 던져본다.
쩡 쩡 쩡 쩡 쩡

강물은
쩡, 쩡, 쩡
돌을 튕기며, 쩡
지가 무슨 바닥이나 된다는 듯이
쩡, 쩡, 쩡, 쩡, 쩡

강물은 쩡,

언젠가는 녹아 흐를 것들이, 쩡
봄이 오면 녹아 흐를 것들이, 쩡, 쩡
아예 녹기도 전에 다 녹아 흘러버릴 것들이
쩡, 쩡, 쩡, 쩡, 쩡

겨울 강가에 나가
허옇게 얼어붙은 강물 위에
얼어붙은 눈물을 핥으며
수도 없이 돌들을 던져본다
이 추운 계절 다 지나서야 비로소 제
바닥에 닿을 돌들을,
쩡 쩡 쩡 쩡 쩡 쩡

강과 바다가 백 개의 계곡물을 다스릴 수 있는 것은 낮은 위치에 강과 바다가 있기 때문이다. 자신을 낮추어 겸손할 때……노자老子가 말한 것처럼 물은 자신을 낮추어 만물에 이롭지 않은 것이 없다. 추우면 얼고 더우면 얼음이 녹아 제 갈 길을 간다. 얼어붙은 겨울 강가에 나가 돌을 던져 본 사람은 알 것이다. 사계절이 여름인 상하常夏의 나라 사람에게는 이런 경험이 없을지도 모르겠다. 눈썰매를 타고 스케이팅을 하려고 동남아 사람들이 겨울을 찾아 관광을 오는 것도 이 때문일지 모르겠다.

이 시는 빙판에 돌을 던짐으로써 울려 퍼지는 음역(소리)의 확장에 의미영역이 점점 넓어지고 있는 시적 효과가 백미다. 모름지기 의성어나 의태어를 사용할 때는 이런 시적울림이 없을 때는 사용하지 않아야 한다는 것도 독자에게는 들려줄만한 이야기다. 겨울 빙판에 돌을 던지고 얼어붙은 눈물을 핥으며, 고독한 자신의 존재를 들여다보는 모습이 객관화되어 있어 정서적 충격까지를 맛보게 한다. 삶이란 빙판에 돌을 던지는……그리고 되울려 오는 그 소리를 들어내야 하는 모순적 존재확인이 각인되어 있다.

겨울 직소포에서

이진영(1958~)

겨울 직소포에 갔습니다
직녀가 눈송이를 맞으며
베를 짜고 있습니다
한 틀 두 틀
베틀을 놀리는 모습이
지난 칠석에 만난 견우 생각은
이제 잊고 있는 것 같습니다.

그러나 나는
무념으로 베틀을 놀리는
그녀의 등 뒤에서
더 큰 그리움의 수사修辭를 읽습니다
더 둥글고 견고한
기다림의 수사修辭를 읽습니다
벼랑처럼 각진 세상
기다림은
어느 시인이 만들어 놓은 은유입니까

직소포는
어느 시인이 만들어 놓은
그리움의 상징입니까

수꿩들을 부르는
내변산의 겨울
직소포에 가서 나는
겨울 직녀가 짜놓은 그리움의
긴 무명포 한 필에
낙관落款을 찍고 왔습니다.

이 시는 우리 고유의 선仙세계를 한 폭의 그림으로 보여주는 시다. 알다시피 노래하는 시(song), 서술(telling)하는 시가 아닌 보여주는(showing) 시로서의 진경산수화다. 서사시(epic)의 어원이 말하다(epos), 드라마의 어원이 행동의 보여줌에 있다면, 서정시(lyric)는 노래를 악기로 연주하는 데서 유래한다. 이는 곧 오늘의 소설이 네러티브(narrative)에 의해 서술되고, 드라마가 여전히 무대상에서 보여주는 행위와 같다. 그러나 현대시의 한 특성은 드라마와 같이 보여주는 데 즐거움이 있기도 하다.

7월7석 날 밤에 만난다는 견우와 직녀가 그 생각도 잊은 채 눈발 속에서 베틀을 놀리고 있는 모습이 1연의 전경화前景化로 드러난 것이 내변산 골짜기에 있는 직소폭포다.

거기에다 낙관을 찍는 발상에서 시인의 독창성이 돋보인다. 이 선적仙的세계인 고유선발은 불교와 유교가 이 땅에 들어오기 전, 그러니까 상대 2천년은 이 정신이 우리의 의식구조를 지배했다는 점에서도 중요하다. 현대에 와서도 이 의식구조는 여전히 살아 있지만, 이 방면에 대한 구체적인 인식이 없이 시에서조차 기피현상으로 일어나고 있는 것은 안타까운 일이다.

우리의 고유의 멋과 맛, 말가락의 정신은 여기에서부터 기인한다. 특별히 '仙的 상상력' 이라는 유형을 내세움도 이 때문이다.

산정묘지山頂墓地 · 5

조정권(1949 ~)

갈가마귀 울음 자옥히 잦아가는
언 하늘에 온통 시푸른
청죽靑竹을 친다.
삭풍이여, 삭풍이여,
우리를 다시 한 몸으로 묶으라.
또 한 차례
땅 속 깊은 뿌리들을 출렁이게 하고
우리들을 다시 한 뿌리로 묶으라
그리고 지상地上에 홀로 남아
칼을 입에 물고 노래하는 가인歌人을
오래 머물게 하라.
절복切腹의 시대時代가 온다
삽과 망치와 깃대를 땅 속 깊이 매장하고
삭풍 앞에 나서서,
입에 문 칼끝을 삼키며
스스로를 증명하는,
절복切服의 시대時代가 온다

한 뿌리에서 올라온 수천의 잎
다 찢겨가고
헐벗은 나뭇가지에
언 하늘빛 환히 뿜을 때
언 하늘가에다
죽竹을 치며 죽竹을 치며,
자신의 발등에다
스스로 얼음을 터뜨리며
스스로 맨발로 얼음 위를 딛는…
스스로 증명하는 이여
절복切服의 시대時代가 오고 있다.

겨울 하늘에 청죽靑竹을 치는 행위는 맨발로 얼음 위를 딛는 초극의 정신을 표현한다. 즉 입에 칼을 물고 포복하는 삶은 추사처럼 한 시대를 관통하는 삶의 정신이다. 그래서 시인은 '삽과 망치와 깃대를 땅 속 깊이 매장하고' 삭풍 앞에 나서서 스스로를 증명하는 절복의 시대가 온다고 예언한다. 마치 예수의 '산상수훈' 과도 같은 수난 받는 시대, 한 시인의 삶과 고통 그리고 정신세계의 깊이가 잘 그려져 있다.

우리말에 '맥도 모르고 침통만 흔든다' 는 말이 있다. 이 말은 맥을 잡을 줄 알아야 침을 놓을 수 있다는 뜻이다. 이 맥을 잡는 일은 독서(동서양 고전)의 깊이와 삶의 체험에서 온다. 위의 「산정묘지 · 5」는 '세한도' 를 다시 패러디하여 언어로 펼친그림임을 쉽게 알 수 있다. 이는 곧 패러디를 차용하여 자기의 정신세계를 나타내고자 하는데 불과하다. 그리고 많은 작품들을 텍스트로 사용할 때 비로소 눈이 열린다. 이때부터 창작행위는 가능한 길로 들어선다. 사자가 얼룩말을 사냥할 때 단번에 잡는 일은 오랜 경험에서 목을 물어야 한다는 것을 익히 알고 있기 때문이다. 이것이 '사자굴신법獅子掘伸法' 이다.

이 사자굴신법이란 곧 언어로서 이 세계와 사물을 장악하는 힘을 말하고, 그것은 자기 체험에 쌓인 지식을 기반으로 해서, 상상력의 유형을 만들어가며 이 유형 중 어느 한 패러다임 속에 자기 피를 투입시켜 새로운 영혼을 만들어내는 것이다. 이때서야 우리는 그 시인이 새로운 시대의 언어를 창조했다고 믿으며,

그의 고뇌와 고통이야말로 값진 것이었다고 평가할 수 있다.

다시 더 알기 쉽게 설명한다면 추사의 '세한도'는 59세 때 유배지 제주(대정골)에서 당시 연경에 유학하고 있던 제자 이상적李尙迪에게 그려 보낸 작품이라고 한다. 스스로 표제 하여 '절후가 추워져야 소나무와 측백나무의 시들지 않음을 안다'는 『논어』 자한편子罕篇의 구절을 패러디하여 그 기개를 보인 그림이다. 빈 오두막집 그리고 네 그루 소나무들은 참혹한 겨울의 시대를 견뎌내는 선비의 올곧은 정신세계를 그림으로 펼친 것이다. 그야말로 이 그림에서 읽어 낼 수 있는 적적성성한 독특한 분위기는 그대로 추사의 정신이 된다.

추사의 정신을 표현하는 그림으로는 묵죽墨竹과 묵란墨蘭이 또한 유명하지만 그 중에서 '묵죽墨竹'이란 그림을 언어로 표현한다면 「산정묘지 · 5」와 같은 내용의 시가 되지 않을까 싶다.

강설기降雪期

김광협(1941 ~ 1993)

눈은 숲의 어린 가지에 흰 깁을 내린다
프로스트 씨도 이제는 말을 몰고 돌아가버리었다
밤은 숲의 어린 가지에 내리는 흰 깁을 빨아먹는다
흰 깁은 밤의 머리를 싸맨다
살레이던 바람도 잠을 청하던 시간
나는 엿듣는다
눈이 숲의 어린 손목을 잡아 흔드는 것을

숲의 깡마른 볼에 입을 맞추는 것을
저 잔잔하게 흐르는 애정의 日月을
캄캄한 오밤의 푸른 박명薄明을
내 아가의 무량無量의 목숨을 엿듣는다
뭇 영아嬬兒들이 등을 키어 들고 바자니는 소리를
씩씩거리며 어디엔가 매달려 젖빠는 소리를
나는 엿듣는다

숲가에서 난 너의 두 개의 유치乳齒를 기억한다

너의 영혼이 지상에 잠시에 잠시 있었던 것을 기억한다
너의 따스운 입김이 아침의 이슬로 되었던 것을 기억한다
너의 발을 디뎌 지구를 느끼었음을 기억한다
너의 언어는 무無에 가까웠을지라도 체득體得의 언어였으며
너의 사색은 허虛에 이웃했을지라도 혈육을 감지하는 높은 지혜智慧였음을 기억한다

잃어버린 모든 기억들을 나는 상기할 수가 있다
그러나 나는 상기 단 한 가지 죄의 의미를 알지 못한다
숲가에서 나는 너의 두 개의 유치乳齒를 기억한다
눈은 숲의 어린 가지에 흰 깁을 내린다
내리어라, 내리어라, 내리어라
밤의 눈이 흰 깁을 빨아먹더라도

그의 이마에서 발끝까지 와서 덮이어라
온유의 성품으로 사풋사풋 내려오는 숲의 모성이여
숲은 내 아이의

곁에 서면 세월이 머리를 쓰다듬는 소리
역사가 장신구를 푸는 소리들
시름에 젖은 음절들이
꽃잎처럼 흩어져 기어다닌다

괴괴한 이 밤의 얼어붙은 지류에서
서성이는 나의 체읍涕泣, 나의 기쁨
내가 내 자신과 내 아가와 인류에게 가까이 돌아가는
청징淸澄하고 힘있는 내 자신의 발자국 소리를 듣는다.
잃어버린 모든 것을 상기할 수가 있다
그러나 나는 상기 단 한 가지 죄의 의미를 모른다
내 숲이여, 내 아가여, 내 자신이여, 내 인류여
나는 참으로 단 한 가지 죄의 의미를 모른다

숲과 아기와 내리는 눈발의 관계설정에서 화자의 사색적이면서 건강한 목소리가 샘물처럼 솟아올라 신선함을 던진다. 숲은 원형심상에서 볼 때 모성이다. 그 모성 속에서 '아기의 젖 빠는 숨소리'가 순결한 눈을 타고 들려오고, 이 시상 전개와 함께 두 개의 유치를 기억하는 회감의 정서가 인류애로 돌아가는 청정한 발자국 소리 그 자체로 동일성을 회복하고 있다. 동일성이란 서정시가 지향하는 자아(퍼소나)의 구원의식을 말한다. 이런 맑은 감성의 소유자가 곧 시인이다. 이 마음자리가 곧 서정시를 지탱하는 힘이 된다.

때묻지 않은 감수성 그리고 때묻지 않은 언어는 시인의 무소불위한 권위를 결정짓는다. 이것이 또한 포악하고 사특한 시대정신을 뛰어넘는 시쓰기의 첫 출발점이 된다. 감수성의 설렁줄만 흔들 수 있다면 그를 가리켜 우리는 '타고난 시인' 즉 생이지지生而知之라 할 것이다. 정보언어로 물들고 유통언어로 물들고 유통언어로 또는 소비언어로 닳아지는 관습화된 감성, 자동화된 이미지에 매달리는 '현대시쓰기'는 아무래도 후천학습에 길들여져 그만큼 감수성이 때묻어 효력이 없다. 이것을 학이지지學而知之라 할 것이다. 이는 가슴이 없고 머리통만 커져서 감동이 없는 시쓰기란 뜻이다.

이는 모든 작품을 뜯어보는 첫 번째 관심의 대상이다. 그러므로 인지적 충격보다는 정서적 충격이 앞서야 하는 것은 당연하다.

물이 옷 벗는 소리에

원희석(1956 ~ 1998)

벗어던지는 소리라 했다 먼지가 나고 목마른, 푸석푸석한 당신의 골짜기에서 누가 옷을 활활 벗어 던지는 소리 안개가 밤새 꼬아 만든 젖은 물새알 하나 바위에 남기고 간 슬픈 빛깔의 소식 하나 갈비뼈 사이 숨어 두근대는 작고 연약한 허파꽈리의 신음소리까지도 모두 벗어 던지는 것이라 했다 활활 다시 벗어 던지고 미련 없이 혼자서 꼭 빈손으로 돌아서라고 했다 거기까지 가면 아무 것도 필요 없다고 했다 물렁뼈까지 끔삭어져 물같이 날개도 없고 훈장도 없이 한 점 그대로 머무르는 생명, 한줄기 싱싱한 여름 소나기에 잠시 머무르는 이슬방울, 물의 내장 물의 뼈 물의 말간 피까지 투명함으로 살아 남으라 했다. 알몸으로 날아 올라 떨어져 부서져도 온전히 홀로 옷 벗는 물이 발가벗겨져 부끄럽지 않은 하나의 흔적도 없는 물이 되어져라 했다 거기까지, 맨발로 가서, 빈손으로 꼭 같이 돌아오자고 했다

제목이 시사한대로 물의 순수한 맑음, 즉 그 투명성에 생명의 순수성을 투영시킨 시다. 장자의 명경지수明鏡止水 '물이 고요할 때는 사람의 수염과 눈썹을 또렷하게 비춘다. …… 성인의 마음이 맑으면 그것은 하늘과 땅의 거울이 되고 만물의 거울이 된다'는 말을 떠올린다. '물이 옷을 벗어 던지는 소리'란 거울의 투사현상이며 물소리 속에 들어가 투명해 짐으로서 부끄럼 없는 순수한 영혼의 육체를 만나게 된다. '거기까지, 맨발로 가서, 빈손으로 꼭 같이 돌아오자'고 한 그 물의 소리는 그대로 옷 벗는 소리고, 구원에 이르는 영혼의 발가벗는 목소리다. 물의 투명성과 순수성을 표현하는 점에서 이 시는 감각적 표현이 돋보이고 심리적 정서에 크게 반응을 일으킨다.

연蓮

이인원(1952~)

어디 보쌈이라도 당하고 싶네
하늘아
분홍 꽃잎아
무지개야

어쩔 수 없는 내 맘
몽땅 싸 가지고 어디론가 데려가 주렴
그 곳이 눈뜨면
연밥 속일지라도 좋아

아름다운 연꽃을 들여다보면서 보쌈을 당하고 싶은 성적 충동에서 써진 작품이다. 매조히즘의 성적 쾌락이다.

프로이트에 의하면 리비도(libido)는 어쩔 수 없는 건강한 에로스며, 역사 발전으로서의 추진력이 되는 사랑의 법칙이다. 소크라테스가 강한 전사들을 생산해내기 위해서는 강한 남자들에게만 이 게임의 법칙을 적용하자 한 제안은 종족 관리자로서의 게임이기도 했다. 개체는 유한하지만 계통발생은 영원하기 때문이다. 오늘 같은 현대 팽창사회 속에선 부의 문제와 성의 문제는 부의 균등만큼 중요한 문제다.

군대가 가면 윤락촌이 따라 붙는다. 이는 자본주의의 속성이다. 싸구려 술집, 사창가, 향락업소 등은 자본주의 사회를 떠받치는 양대 기둥이라고 볼 수 있기 때문이다. 성적 매조키즘이 시에 어떻게 드러나는가를 눈여겨봄도 시를 읽는 즐거움이 된다.

반도半島의 눈물

이가림(1942 ~)

기러기여, 눈물나게 아름다운
우리 나라의 푸른 하늘에서
소총에 맞은 기러기여
반절의 지도보다 커다랗게 피가
얼룩지는 것을,
보이지 않는 조정朝廷의 뒤
뜰에서는 날마다
더러운 무소들의 싸움이 들려오고
딴 아픔 딴 목소리의 털보들에게 밟혀
젊은 보리들은 배에 실려 팔려간다
모르는 꽃
캄캄한 자본의 구경으로 죄수처럼
아아 모가지여, 저당잡힌 모가지여.

요즘은 반도살이에 지쳤는가. 분단상황을 노래한 시들이 보이지 않는다. 너나없이 저당잡힌 모가지들인데도 민주화를, 혁명을 완수했다는 자만심 때문일까? 이제 시인들도 보혁 편가르기에 넌덜머리가 난 것일까? 노동시, 농민시도 그렇다. 민족문학이란 당면의 목적은 바로 통일 의식의 지향이 그 선결과제인데도 그렇다. 반도의 눈물 말고 도대체 우리가 흘려야 할 눈물이 따로 있기나 한 걸까. 25시의 작가, 게오르규가 어느 때 이 반도에 와서 한 말. "한반도는 아시아 대륙에 달랑거리는 귀걸이 같이 귀엽다"는 말은 무슨 뜻인가.

탑

원구식(1955 ~)

무너지는 것은 언제나 한꺼번에 무너진다.
무너질 때까지 참고 기다리다 한꺼번에 무너진다.
탑을 바라보면 무언가
무너져야 할 것이 무너지지 않아 불안하다.
당연히 무너져야 할 것이
가장 안정된 자세로 비바람에 천년을 견딘다.
이렇게 긴 세월이 흐르다 보면
이것만큼은 무너지지 않아야 할 것이
무너질 것 같아 불안하다.
아 어쩔 수 없는 무너짐 앞에
뚜렷한 명분으로 탑을 세우지만
오랜 세월이 흐르다 보면
맨처음 탑을 세웠던 사람이 잊혀지듯
탑에 새긴 시와 그림이 지워지고
언젠간 무너질 탑이 마침내 무너져
흔적도 없이 사라지고
어디에 탑이 있었는지조차 알 수 없게 된다

탑을 바라보면 무언가
무너져야 할 것이 무너지지 않아 불안하고
무너져선 안될 것이 무너질 것 같아 불안하다.

해 아래 영원한 새로움이란 없다. 주어진 조건 속의 시간과 장소에서 존재란 끊임없이 유동하고 있다. 있고 없음의 부조리한 존재성은 사실 믿을 것이 못 된다. 존재를 믿는 것은 소처럼 어리석다고 했다. 탑은 바로 그 존재의 모순성으로 떠오른 상징물이다. 진, 선, 미의 가치 개념이나 미, 추의 선악을 포함한 부조리한 현실 또한 그렇다. 무너져야 할 것이 어디 한 둘이겠는가. 그런데도 무너질 것이 무너지지 않으니 불안하다는 역설은 용수보살의 '소처럼 어리석다' 는 말과 일치해서 흥미롭다.

작은 산이 큰 산을 가린다

-내가 걷는 백두대간 133

이성부(1942 ~)

작은 산이 큰 산 가리는 것은
살아갈수록 내가 작아져서
내 눈도 작은 것으로만 꽉 차기 때문이다
먼데서 보면 크높은 산줄기의 일렁임이
나를 부르는 은근한 손짓으로 보이더니
가까이 다가갈수록 그 봉우리 제 모습을 감춘다
오르고 또 올라서 정수리에 서는데
아니다 저어기 저 더 높은 산 하나 버티고 있다
이렇게 오르는 길 몇 번이나 속았는지
작은 산들이 차곡차곡 쌓여서 나를 가두고
그때마다 나는 옥죄어 눈 바로 뜨지 못한다
사람도 산속에서는 미물이나 다름없으므로
또 한번 작은 산이 백화산 가리는 것을 보면서
나는 이것도 하나의 질서라는 것을 알았다
다산은 이것을 일곱 살 때 보았다는데
나는 수십년 땀 흘려 산으로 돌아다니면서
예순 넘어서야 깨닫는 이 놀라움이라니

몇 번이나 더 생은 이렇게 가야 하고
몇 번이나 더 작아져버린 나는 험한 날등 넘어야 하나

산 체험(백두대간)을 하면서 얻은 시다. 현대시를 머리로 쓰는 시, 가슴으로 쓰는 시, 발로 쓰는 시라 본다면 이는 발로 쓴 시다. 「작은 산이 큰 산을 가린다」는 다산 정약용이 일곱 살 때 쓴 시 「小山蔽大山遠近地不同(소산폐대산원근지부동)」 즉 「작은 산이 큰 산을 가린다」의 패러디인데 이는 독서 체험이 발로 연결된 경우라 할 것이다. "예순이 넘어서야 깨닫는 이 놀라움이라니!"의 고백적 진술이 결코 과장이 아니다. 따라서 시란 체험이며 이 체험의 깨달음이 있을 때 좋은 시라 할 것이다.

들장미

괴테(1749 ~ 1832)

소년이 보았네 작은 장미
들에 핀 장미
갓 피어 아침처럼 고왔네
얼른 달려갔네. 소년은 가까이서 보려고
큰 기쁨으로 바라보았네
장미, 장미, 장미, 붉어라
들에 핀 장미

소년이 말했네 널 꺾을 테야
들에 핀 장미
장미가 말했네 널 찌를 테야
네가 영원히 나를 생각하도록
그리고 참고만 있지는 않겠어.
장미, 장미, 장미, 붉어라
들에 핀 장미

그 거친 소년이 꺾었네

들에 핀 장미
장미는 저항하며 찔렀네
참을 수밖에 없었네
장미, 장미, 장미, 붉어라
들에 핀 장미

괴테가 알사스 지방을 돌아다니며 민요를 채집하던 스무 너댓살적 발라드이다. 민요란 원래 그렇지만 골치 아프게 수사와 표현 기교로만 이루어진 현대시와 달리 단순 소박하고 꾸밈이 없는 시풍이 아름답다. 갓 피어난 들장미의 신선한 아름다움에 혹하여 달려가는 소년, 끝내는 그 아름다움을 소유하려고 꺾고 마는 젊음의 한계가 미숙한 사랑을 비극적으로 만든다. 그러므로 '순수하게 사랑하는 것은 그 간격을 받아들이는 것이다' '자신과 자기가 사랑하는 것 사이의 거리를 더없이 사랑하는 것이다' 라고 말한 시몬느 베이유의 말을 떠올리게 한다. 따라서 사랑은 아니마와 아니무스의 관계며 소유가 아니라 존재다. '그대를/그대로인 채로 두자/온전히 그대로인 채로' 라는 집착이 아닌 방하放下인지도 모른다. 프레드(Erich Fried 1921~1988)의 연시집에 담긴 다음과 같은 「폭력」이란 시가 생각난다.

> 폭력은 어떤 사람이 다른 사람의 목을 조르는
> 그때에 시작되는 것이 아니다
> 폭력은 누군가
> 나는 너를 사랑한다
> 너는 내것이다라고
> 말하는 그때에 시작된다.

참 오래 쓴 가위

이희중(1960 ~)

참 오래 썼습니다
한 뼘 되는 가위
지금까지 많은 종이들을 헤어지게 만들었지요
그리고 마침내 스스로 자석이 되었습니다
클립이나 작은 못쯤은 거뜬히 들어올리지요
그래서 뭘 어쩌자는 걸까요
지상의 모든 자석들은 알고 있을까요
아무리 끌어당겨 몸에 붙여도
그런 식으로는 누구와도 한몸이 될 수 없는 일을요
스테인리스 스틸이라는 문신이 무색하지 않게
녹, 상처 하나 없이 잘 살아왔습니다
그리고 앞으로도 오래 가위로 살아가겠지요
때로는 너무나 특별한, 자석인 가위로

믿지 못하시겠다면
지금 당장 서랍을 열어 가위를 꺼내보십시오
압정을 들어올릴지도 모릅니다

당신이 가진 가위가 참 오래 쓴 가위라면
그리고 기억해보세요
어릴 적 배운, 자석을 만드는 세 가지 방법 가운데 하나
쇠붙이 두 개를 한쪽으로만 쉼 없이 마찰하기

가위는 가위의 용도가 따로 있을 터이고, 자석은 자석으로서의 용도가 따로 있을 것이다. 가위는 종이들을 헤어지게 만들고 자석은 모든 것을 끌어당기며 거뜬히 들어올리는 구실을 한다. 헤어지게 한다는 것과 끌어당기는 것은 상반된 관계에 놓여 있는데 가위와 자석이 바로 그런 관계항에 놓인다. 가위는 오래되도록 습관적으로 그 일을 반복해 왔고 자석은 자석대로 그런식으로 끌어 당겨 몸에 붙였지만 알고 보면 그런식으로는 한 몸이 될 수 없음도 상식이다.

알기 쉽게 설명한다면 헤어진다는 것(이별)과 만난다는 것은 오래 써온 가위나 자석 같은 물리적 힘이 아니라는 역설이 감춰져 있다. 우리는 그것을 삶 속에서 말할 때 회자정리會者定離라

고 표현한다. 이것은 결정론이 아니라 예정론을 두고 하는 말이다. 만나고 헤어짐!

오늘의 시간 속에서 이 만나고 헤어짐은 가위가 그랬던 것처럼 또는 자석이 그랬던 것처럼 별 의미 없이 살면서 습관적으로 자동화 된 삶의 과정이 아닐까. 시인은 이점을 안타까와 했으리라. 즉 만남이란 말, 헤어짐이란 말, 더 나아가서는 사랑이란 말은 함부로 쓸 말이 아닌 것이다. 왜냐면 이 말들은 물리적 언어가 아닌 하늘(인연) 저 너머에서 온 하늘돌 같은 말이기 때문이다.

선데이 서울, 비행접시, 80년대 약전略傳

권혁웅(1967～)

나의 1980년은 먼 곳의 이상한 소문과 무더위, 형이 가방 밑창에 숨겨온 선데이 서울과 수시로 출몰하던 비행접시들

술에 취한 아버지는 박철순보다 멋진 커브를 구사했다
상 위의 김치와 시금치가 접시에 실린 채 머리 위에서 휙휙 날았다

나 또한 접시를 타고 가볍게 담장을 넘고 싶었으나……먼저 나간 형의 1982년은 빵 석 대에 끝났다 나는 선데이 서울을 옆에 끼고 골방에서 자는 척했다

1984년의 선데이 서울에는 비키니 미녀가 살았다 화중지병畵中之餠이라 할까 지병持病이라 할까 가슴에서 천불이 일었다 브로마이드를 펼치면 그녀가 걸어나올 것같았다

1987년의 서울엔 선데이가 따로 없었다 외계에서 온돌멩이들이 거리를 날아다녔다 TV에서 민머리만 보아도 경기를

일으키던 시절이었다

잘못한 게 없어서 용서받을 수 없던 때는 그 시절로 끝이 났다 이를테면 1989년, 떠나간 여자에게 내가 건넨 꽃은 조화造花였다 가짜여서 내 사랑은 시들지 않았다

후일담을 덧붙여야겠다 80년대는 박철순과 아버지의 전성기였다 90년대가 시작된 지 얼마 안되어 선데이 서울이 폐간했고(1991) 아버지가 외계로 날아가셨다(1993) 같은 해에 비행접시가 사라졌고 좀더 있다가 박철순이 은퇴했다(1996) 모두가 전성기는 한참 지났을 때다

위의 시에선 두 개의 기법을 읽어낼 수 있다. 하나는 아이러니에 의한 연대기적 편년체 기술이요 다른 하나는 80년대적 상황 즉 알레고리(Alegory)의 기법이다.

시인이 보고 겪고 온 성장기적 상처(trauma)가 시대적 상황을 제시하고 있기 때문이다. 상상력의 시와 알레고리 시의 한계점은 무엇일까. 또 의지나 이념을 드러내는 리얼리즘적 시적 요소와는 어떻게 다를까. 이 시에서 우리는 기법상의 수사학을 색다른 요소로 맛볼 수 있는 것이 특징이리라. 삶의 단면을 절개하여 모노크롬의 시학으로 끌어내는 것이 그 동안 권혁웅 시인이 써온 시들임에 유의할 필요가 있겠다.

알레고리든 이야기 시이든 첫째 요건은 시가 정서반응의 언어란 점에서 촉촉한 물기를 요구한다면 달리 할 말이 없겠지만 현대시란 심장이 아닌 뇌수에 박히는 시라 본다면 좋은 전범이 되겠다. 그래서 노래는 심장에 이야기는 뇌수에 박힌다고들 말한다. 이 양자합의 동일성이 곧 좋은 시가 될 것이다. 80년대의 약전으로서 1연의 먼데 소문은 5 · 18사건일 테고, 5연의 민머리는 전두환 대통령일 것이며, 비행접시는 박철순과 아버지 삶의 은유적 표현이면서 알레고리다. 이것들이 무관하지 않게 연결되면서 성장기를 거쳐 온 시인의 아픔과 기억의 편린들과 접촉하여 복원해 내는 풍경은 고급 독자(독자의 70%는 수준 이하이고 30%는 수준 이상)에게, 한 경이감으로 다가올 것이다. 현대시는 정보심리와 형태심리라는 점에서 저널리즘적 요소와는 구별되기 때문이다.

화가畵家 뭉크와 함께

이승하(1960 ~)

어디서 우 울음 소리가 드 들려
겨 겨 견딜 수가 없어 나 난 말야
토 토하고 싶어 울음 소리가
끄 끊어질 듯 끄 끊이지 않고
드 들려와

야 양팔을 벌리고 과 과녁에 서 있는
그런 부 불안의 생김새들
우우 그런 치욕적인
과 광경을 보면 소 소름 끼쳐
다 다 달아나고 싶어

도 동화同化야 도 동화童話의 세계야
저놈의 소리 저 우 울음 소리
세 세기말의 배후에서 무 무수한 학살극
바 발이 잘 떼어지지 않아 그런데
자 자백하라구? 내가 무얼 어쨌기에

소 소름 끼쳐 터 텅 빈 도시
아니 우 웃는 소리야 끝내는
끝내는 미 미쳐버릴지 모른다
우우 보트 피플이여 텅 빈 세계여
나는 부 부 부인할 것이다.

시인은 한 시대의 방향을 감지하는 바람닭이고 또, 한 시대를 예언하는 새벽닭과 같다고 한다.

뭉크의 화폭에서 절규하는 핏빛 함성 속에는 세기말적인 불안과 공포와 부조리한 사건들이 그 실체를 드러내지 않고 단지 더듬거리는 화자의 독백을 통해서만 그 실체를 상상하게 하는 것이 이 시의 특징이다. 아마도 화자는 자백을 강요당하고 실토하라는 고문 중에 있거나 불안 심리에 떨고 있는 사람인 듯하다. 이는 지난 시대(80년대)의 병든 시대 상황을 꼬집는 한 고문실, 505벙커나 남산 큰 집쯤이라도 되겠다. 더듬거리는 그 배음 속에는 뭉크의 절규나 피카소의 게르니카 같은 참혹한 사건이 숨어 있음이 분명하다.

그것은 동시에 소름끼친 텅 빈 도시이기도 하고 과녁에 팔을 벌리고 선 처형 직전의 위급 상황을 연출하는 데에서 시적 생명인 긴장감(tension)이 고조된다. 다시 말하면 이는 화폭의 배음이 되는 빛깔 속에서 폭발하는 울음이기도 하다.

민박집 봄

엄정숙(1948 ~)

선암사 보살 수계식 있던 날
빈 민박집 마당 가득
수달 장자처럼 오래된 목련나무 한 그루
품팔이로 얻은 쌀 서말로 지은 밥
한 그릇은 아나율의 발우에 가득 담고
수보리 가섭, 목련존자의 사리들처럼
배터지게 먹고도 남아
새들이 조계산 너머까지 휘파람을 부네요
보살 수계 받았다고 종종걸음 쳐보지만
마음 따라 가는 길이 더 멀어
아직은 절 밖을 서성이는 예비 보살님들
골짜기 물소리까지 서늘하게 속이고
봄빛 따라 나오신 부처님 옷자락 보지 못했나요
민박집 마당에 야단법석 열어놓고
극락정토가 어딘지 말씀도 없이
쌀밥 한 그릇 후딱 비우시곤 어디로 가셨나요
깨끗한 구름들이 수틀처럼

마당귀를 팽팽하게 붙들고 있는 봄날
다 늙은 목련나무 한 그루
할 일도 없으신지 종일 밥만 퍼올리고 계시네요

선암사의 봄, 수계식이 있던 날의 민박집 풍경이 인상적이다.

보살 수계식이 어떻게 행해지는 것인지 본 일은 없지만 절집 밖에는 예비보살(중생)들로 넘쳐나고, 부처님도 절집을 벗어나 봄빛을 따라 나오는 걸림이 없는 대자대비의 세계. 즉 경계도 무너지고 없을 듯한 봄날의 감회가 떠오른다.

흰목련 꽃이 고봉밥처럼 부풀어 오르고 배고픈 중생들과 극락정토를 대비 감각으로 처리한 이미지가 소박해서 좋다.

팔만법문도 잘 읽으면 손바닥에 마음심心자 하나 남고 잘못 읽으면 빨래판이라 하지 않던가. 유심維心이란 말은 그래서 생겨났을 터이다.

담쟁이

도종환(1954 ~)

저것은 벽
어쩔 수 없는 벽이라고 우리가 느낄 때
그때
담쟁이는 말없이 그 벽을 오른다
물 한방울 없고 씨앗 한톨 살아남을 수 없는
저것은 절망의 벽이라고 말할 때
담쟁이는 서두르지 않고 앞으로 나아간다
한 뼘이라도 꼭 여럿이 함께 손을 잡고 올라간다
푸르게 절망을 다 덮을 때까지
바로 그 절망을 잡고 놓지 않는다
저것은 넘을 수 없는 벽이라고 고개를 떨구고 있을 때
담쟁이잎 하나는 담쟁이잎 수천 개를 이끌고
결국 그 벽을 넘는다.

담쟁이 덩굴과 벽이란 상관관계로 이루어진 단순명료한 시다. 담쟁이는 원관념인 (T), 벽은 보조관념인 (V)로서 이른바 couple-ring의 원리인 '쌍가락지 끼우기' 로서 은유체계의 완성이 돋보인다. 그러므로 시란 직설로서 이루어지는 것이 아니라 항상 비유관계로 이루어지는 것이 시쓰기다.

그렇다면, 넘을 수 없는 벽과 그것을 넘어야 하는 담쟁이는 무엇을 상징하는 것일까. 편의상 담쟁이를 민중의 실체로 본다면 벽은 민중을 억압하는 부정적 요소 즉 독재 권력으로 보아도 무방하다. 따라서 이 시는 담쟁이의 생명력을 통하여 이 시대 민주화의 실체가 된 민중의 강한 의지력을 드러내는 생명의지의 시라고 볼 수 있다. 유하고 부드러운 것은 삶의 무리요, 강하고 굳센 것은 죽음의 무리란 말이 실감난다.

흰 바람벽이 있어

백석(1912 ~ 1995)

오늘 저녁 이 좁다란 방의 흰 바람벽에
어쩐지 쓸쓸한 것만이 오고 간다
이 흰 바람벽에
희미한 십오촉十五燭 전등이 지치운 불빛을 내어던지고
때글은 다 낡은 무명샷쯔가 어두운 그림자를 쉬이고
그리고 또 달디단 따끈한 감주나 한잔 먹고 싶다고 생각하는 내 가지 가지 외로운 생각이 헤매인다
그런데 이것은 또 어인 일인가
이 흰 바람벽에
내 가난한 늙은 어머니가 있다
내 가난한 늙은 어머니가
이렇게 시퍼러둥둥하니 추운 날인데 차디찬 물에 손을 담그고 무이며 배추를 씻고 있다
또 내 사랑하는 어여쁜 사람이
어느 먼 앞대 조용한 개포가의 나지막한 집에서
그의 지아비와 마주앉어 대구국을 끓여 놓고 저녁을 먹는다

또 어린 것도 생겨서 옆에 끼고 저녁을 먹는다

그런데 또 이즈막하야 어느 사이엔가

이 흰 바람벽엔

내 쓸쓸한 얼굴을 쳐다보며

이러한 글자들이 지나간다

– 나는 이 세상에서 가난하고 외롭고 높고 쓸쓸하니 살어가도록 태어났다

그리고 이 세상을 살아가는데

내 가슴은 너무도 많이 뜨거운 것으로 호젓한 것으로 사랑으로 슬픔으로 가득찬다

그리고 이번에는 나를 위로하는 듯이 나를 울력하는 듯이

눈짓을 하며 주먹질을 하며 이런 글자들이 지나간다

– 하늘이 이 세상을 내일 적에 그가 가장 귀해하고 사랑하는 것들은 모두 가난하고 외롭고 높고 쓸쓸하니 그리고 언제나 넘치는 사랑과 슬픔 속에 살도록 만드신 것이다

초생달과 바구지꽃과 짝새와 당나귀가 그러하듯이

그리고 또 '프랑시스 잼'과 '도연명陶淵明'과 '라이넬 마리아 릴케'가 그러하듯이

(1941, 《문장》 26호)

백석의 유일한 시집 『사슴』이 나온 것은 1936년이다.

위의 시는 유랑시편에 든다. 동시에 1930년대에는 김팔봉, 임화 등에 의해 '이야기 시'의 가능성에 대해 논의된 바가 있는데 이야기 시의 원형으로서 백석을 들었다. 대표작으로 「여승」, 「모닥불」을 들 수 있다. 위의 시에 나오는 '흰 바람벽'에 대해서는 지금의 신세대에겐 거의 잊혀져간 토속공간이다. 우리 전통 가옥 구조에서 볼 수 있는 것으로 유리창 대신 봉창문을 내고 바람을 막을 수 있도록 쌓은 방의 벽을 말한다. 또 방문 앞에 마루처럼 사용하도록 쌓은 '봉당'이란 것도 있는데 봉당으로 터진 문을 봉당문이라고도 한다. 시에서 바람벽, 유리창, 거울 등은 그것을 바라보는 사람의 내면적 성찰을 이끌어내는 소재로 사용된다. 이는 마치 나르시즘의 거울과 같이 응시의 대상이며

따라서 시적 정서는 우울과 고독, 향수, 유년 등이 그 주조를 이룬다.

극서정의 짧은 시가 심장에 박힌다면 이야기체의 시는 머리에 박힌다. 그런데 백석의 시는 이 양자합으로서 훌륭하게 시적 성취에 도달하고 있다. 또 다른 작품 '유동 박시봉 방柳洞 朴時逢 方' 이나 본 작품에 깔리는 유랑인으로서의 설움이 슬픔의 극을 이룬다.

'– 넘치는 사랑의 슬픔' 이 구원의식을 끌어내고 있어 백석의 시는 언제 읽어도 살만한 힘을 제공한다.

저녁햇살

정지용(1903 ~ 1950)

불 피어 오르듯한 술
한숨에 키여도 아아 배고파라.

수줍은 듯 놓인 유리컵
바작바작 씹는대도 배고프리.

네 눈은 교만스런 흑단초
네 입술은 서운한 가을철 수박 한 점,

빨어도 빨어도 배고프리

술집 창문에 붉은 저녁 햇살
연연하게 탄다. 아아 배고파라.

흔히들 우리 시사詩史에서 30년대 모더니즘은 실패했다고 지

적한다. 왜 그럴까? 이건 나의 견해지만 작품으로는 두 사람이 살아남지 않을까 싶다. 김광균의 '은수저' '설야' '와사등' 이 기억된다. 은수저와 설야는 가장 한국적 정서이면서 특히 '은수저' 는 정지용의 '유리창' 에 버금가는 인생론적 체험으로 써진 작품이다. 또 '와사등' 은 최초의 도시 정서로 써진 작품이다. 그래서 '유리창' 과 '은수저' 는 수능시험에서도 곧잘 출제되는 것인데 시란 삶과 죽음의 체험을 직정적 가락으로 휘감아 칠 때 가장 감동을 주기 때문이다.

그러나 정지용에 비하면 김광균은 반성적 태도가 부족했던 것 같다. 실험성에 그친 모더니즘에서 벗어날 수 있었던 길은 정지용의 시작 태도에서 그 정신을 수혈할 수 있다. 이는 흙의 정서인 '향수' 나 국토 산수정신인 백록담이나 장수산, 옥류동 등과 같이 민족 정신(국토정신)을 표방할 수 있었기에 가능하지 않았나 싶다.

'저녁 햇살' 은 '향수' 에서처럼 과장된 정서 과잉이 없는 게 특징이다. '배고프다' 는 황혼 무렵의 '시장기' 그래서 그 무렵은 '술이 마시고 싶은 시장기' 가 도는 생활 정서에 밀착 되어 있다. 박목월의 '나그네' 도 '술 익는 마을마다/타는 저녁 노을' 이 보이지만 노을이 지는 이 시각의 정서는 한국인의 체질적 정서에 가장 해당되는 시각이다. 이를 술참때라 한다.

'술집 창문에 붉은 저녁 햇살/연연하게 탄다. 아아 배고파라'는 가히 절창이 아닐 수 없다.

게 눈 속의 연꽃

황지우(1952～)

1.
처음본 모르는 풀꽃이여, 이름을 받고 싶겠구나.
내 마음 어디에 자리하고 싶은가
이름 부르며 마음과 교미하는 기간,
나는 또 하품을 한다.

모르는 풀꽃이여, 내 마음은 너무 빨리
식은 돌이 된다. 그대 이름에 걸려 자빠지고
흔들리는 풀꽃은 냉동된 돌 속에서도 흔들린다.
나는 정신병에 걸릴 수도 있는 짐승이다.

흔들리는 풀꽃이여, 유명해졌구나
그대가 사람을 만났구나
돌 속에 추억에 의해 부는 바람,
흔들리는 풀꽃이 마음을 흔든다.

내가 그대를 불렀기 때문에 그대가 있다.

불을 기억하고 있는 까마득한 석기 시대,
돌을 깨뜨려 불을 꺼내듯
내 마음 깨뜨려 이름을 빼내가라

2.
게 눈 속에 연꽃은 없었다.
보광普光의 거품인 양
눈꼽 낀 눈으로
게가 뻐끔뻐끔 담배 연기를 피워올렸다
눈 속에 들어갈 수 없는 연꽃을
게는, 그러나, 볼 수 있었다

3.
투구를 쓴 게가
바다로 가네

포크레인 같은 발로

걸어온 뻘밭

들고 나고 들고 나고
죽고 낳고 죽고 낳고

바다 한 가운데에는
바다가 없네.

사다리를 타는 게,
게座에 앉네

이 시는 선禪적인 사유로 '투구게' 라는 이미지를 끌어들여 산다는 것 즉 현실적 괴로움의 존재를 파악하고 있는 것처럼 보인다. '게 눈 속에 연꽃은 없었다' '바다 한가운데는/바다가 없네' 라는 고통스러운 진술이 그것을 의미한다. 투구게가 포크레인 같은 발로 뻘밭을 기어나가는 해탈의 과정은 목적 없는 삶의 도정과 같고 규명할 수 없는 존재 파악의 독거獨居와 같다. '눈 속에 들어갈 수 없는 연꽃을/게는, 그러나, 볼 수 있었다' 라는 표현의 역설은 그래서 의미심장하다. 연꽃을 찾아 바다로 나가는 투구게의 두 눈의 번뜩임, 그리고 뿜어내는 거품은 보광으로 비유되어 있다. 이 고통의 삶의 흔적으로서 투구게는 사다리를 타고 게좌에 오를 수 있는 아키타입(신화)이 생겨난다.

다시 말하면 현실은 몸을 제시하고 신화는 꿈의 언어를 제시하는 이유가 여기에 있다.

피보다 붉은 오후

조창환(1945 ~)

푸른 잔디 가운데로 투명한 햇살이 폭포처럼
쏟아진다
피보다 붉은 모란 꽃잎이
툭
떨어진다
아그배나무 가득 희고 작은 꽃이
바글바글
피어 있다
첫 키스를 기다리는 숫처녀처럼
숲을 설레게 하는 두려움이
파도처럼
술렁인다
이 하늘 아래 빈 발자국 몇 개 남겨놓는 일이
너무 눈부셔
어깨에 묻은, 달빛 같은 바람을
쓸어안는다.

이 시의 배경은 어디 숲 속 한적한 공원쯤 되는가 싶다.

푸른 잔디가 펼쳐져 있고 모란꽃, 아그배나무가 있다. 자연의 자족성을 깔고 오후의 햇빛에 피보다 붉은 모란꽃, 바글바글 끓는 아그배나무 흰 꽃의 강렬한 색채가 대비를 이루고 있다. 아니 파도처럼 오후의 한 순간을 술렁인다. 바람도 달빛 같은 눈부신 정적을 깔고 빈 발자국을 옮기는 것조차 두렵다. 숲이라는 내밀한 공간의 깊이와 시간의 유동성이 지니는 신비로움이 동적인 이미지로 전환되어 있다. 그러므로 생체 리듬은 생동하며 첫 키스를 기다리는 숫처녀처럼 자연의 맥박 속에 한 몸으로 살아 있음을 느낄 수 있다.

'피보다 붉은 오후' 의 한 순간을 잘 포착한 시다.

가을 상업

고 은(1933 ~)

가을은
가면서 노인을 남긴다
그리고 노인의 죽음을 그 위에 남긴다, 하나씩 둘씩

저문 참나무 숲에서
지는 잎들을 팔고 있다
그러나 사는 자 없다
어리석은 고독이로다

가을에 잎이 지는 것을 팔고 있는 것은 분명 상행위다. 그래서 가을 상업이다. 늙은 비애와 한탄은 인사人事이지 자연의 행위는 아니다. 아무도 사는 자 없는 어리석은 고독일 뿐이다. 늙은 비애 속에서 그 삶을 긍정적 태도로 수긍하는 달관적인 모습이 오히려 시적 정서를 더한다.

'늙는다는 건 서러운 것/노인은 막대기에 걸친 옷과 같으니…' 라고 노래한 예이츠의 장시 「비잔티움 항해」가 생각난다.

릴케의 「가을」처럼, 지는 잎들을 어디선가 받아 올리는 손이 있기에 우리 삶은 구원이 있고 희망이 있는 게 아닐까. '상업' 이라는 자연과 인사 사이에 개입한 독특한 시어가 오래도록 울림으로 남는 시다.

제비꽃

유종호(1935~)

앉은뱅이 마대서
제비꽃인가

오랑캐가 싫어서
제비꽃인가

제비처럼 핀대서
아무러면 어때서
제비꽃인가

1996년 1월호 《현대문학》에 발표한 평론가 유종호의 시다. 그는 어느 지면에선가 '소리와 뜻 사이의 망설임' 이 서정시라고 정의한 바가 있다. 그 '망설임' 을 자유자재로 부리는 가락이 위의 짧은 시에 숨어 있다. '앉은뱅이' 면 어떻고 오랑캐면 어떻고, 제비철에 피면 어떻고 아무러면 어때서 제비꽃이라고 부르는가? 이런 인사人事와는 관계없이 철 따라 피고 계절의 순환에 따라 피는 것이 꽃이다.

이런 꽃에 굳이 이름을 붙여서 구속하는 것은 삶의 대자대유를 구속하는 것이니 이런 의미에서 해방되는 것이 참자연을 바라보는 의미고 무소유를 아는 무위자연이다. 김춘수의 「꽃」의 존재론적 의미찾기와는 달리 또는 소월의 「산유화」인 '산에/산에/피는 꽃은 저만치/혼자서 피어 있네' 처럼 인사와는 무관한 자리, 다시 말하면 '소리와 뜻 사이의 망설임' 이 한 전범을 이루고 있는 시라 할 것이다.

'먼저 짖는 개를 따라 짖는 개는 개도 아니다' 라는 개논리가 있다. 시에서도 이는 적중한다. 이미 유통언어로 유포화되고 그 상상력의 세계가 자동화되어 하나도 신선감을 주지 못한 경우다.

한 사물에 의미규정을 하고 구속했을 때 이미 그 존재는 언어에 결박되어 있어 빛을 잃는다. 의미를 규정하지 않았을 때 그것이 참 존재로서의 모습임을 드러낸다.

염주꽃

강만(1943 ~)

그 곳에 집을 비워두고 집을 나선 고승은 서릿발 치는 산과 숲과 우주를 걸어 마침내 하늘의 문 앞에 이른다.

영혼이 하늘에 오른 후 어느 날은 큰 바람이 그 숲에 불어오자 바위의 낡은 빈집은 풀풀풀 한 줌 재로 남아 이승에서 사라지고 빈 집에 걸려 있는 백팔 개의 염주알만 별이 흐르듯 주르르르 바위 아래로 흩어졌다.

이듬해 봄
빈 집 없어진 자리
염주꽃 피어 눈부시다.

1연은 고승이 사부대중의 집인 절집을 나서서 열반에 이르는 과정이고, 제2연은 그분의 영혼이 열반에 오른 후 빈 집(몸)만 남아 풀풀풀 한줌 재로 흩어져 목에 걸린 백팔 염주알이 바위 아래로 흘러내린 후 몸만 남은 과정을 진술하고 있다. 그리고 결구연인 3연은 이듬해 봄 몸도 없어진 빈 자리(바위 아래)에 그 몸이 썩어 거름이 되고 염주알이 싹을 내어 염주꽃 환하게 피어 있는 열반의 경지(화엄세계)를 노래하고 있다.

이른바 이 시는 음식은 음식으로 되돌린다는 자비정신(티벳의 조장풍습 같은 것)인 푸드체인(food-chain) 즉 먹이사슬로서 '色卽空' 을 노래하고 있다. 빈 집이란 몸 즉 色이며 빈자리란 空을 뜻한다. 기독교에선 부활로 설명되지만 불교에선 '환생' 이란 법칙으로 삶과 죽음이 설명되고 있다.

이것이 곧 연기(인연)법이며 삼라만상은 이처럼 인연에 의해 옷만 바꿔 입고 태어나는데 이것이 不二정신이며 인연마저 끊어버리면 그것이 해탈이다.

곱추춤

박구경(1956 ~)

가을 장날 장터로 쏟아지는 햇살처럼
장터로 열린 더 넓은 하늘처럼
나와 앉은 푸성귀 은빛 전어 또 강아지처럼
팔랑거리는 옷가지처럼
뒷짐지고 벙글벙글
마음은 좋게 생긴 어떤 이가 기웃거리는 발길처럼
소란하고 질펀한 장바닥
엿장수 커피 아줌마
가을 고추 붉은 빛처럼
아니면 속울음 들썩이는
아니면 먼 하늘
깊숙이 숨겨졌다 잠깐 나타나는 무지개처럼

시골 장날의 풍물들이 아기자기하게 잘 묘사되어 있다. 지리산 밑 하동 장날이나 진교 등지에 가면 아직도 이런 풍물이 꿈

속같이 벌어져 있다.

언젠가는 사라질 풍경들이다. 청계천이 복원되어 서울의 한 복판을 흘러내리는 것을 보면 소설 속에서나 보던 김태원의 '천변풍경' 이 다시 살아난 느낌을 가질 때가 많다. 그때 그 시절의 풍물과 민속들은 사라졌지만 그래도 아릿한 향수를 불러일으키는 지명과 장소들이 이름을 달고 있어 다행이다 싶었다. 그것이 다 곱추춤 아니겠는가?

이 시에서 묘사기법은 '~처럼' 이라는 직유가 붙어 있어 인상적이다. 시골 장날 풍경마저 사라진다면 어디에다 등을 기댈까 하는 아스라한 생각마저 든다.

"다음 장날 또 봄세" 20리 장 고갯길 달빛아래 이슬도 찰 때다.

착한 길

오인태(1962 ~)

풀은 풀끼리 서로 길을 막아서는 법이 없더라

주남저수지에는 가래, 마름, 가시연꽃, 노랑어리연꽃, 물옥잠, 자라풀, 생이가래 물의 천장을 덮고있는 것들이 붕어마름, 물수세미, 검정말, 나사말 물 속에 잠겨 보이지 않는 것들의 숨통을 선 듯 제 몸 비켜 열어 주고 있더라

물 위에 나있는 저 착한 길들.

에코체인(eco-chain)의 본보기가 되는 작품이다.

노자가 말한 물의 공덕을 가장 공평하게 나누어 가지고 사는 것들이 물풀들이다. 그것이 노자 8장에 나오는 상선약수上善若水의 장이다. '물은 생명의 기원이며 만물의 어머니' 라는 말은 희랍 철학자 탈레스의 말이다. 위의 시에서 '착한 길' 이란 바로 上善若水, 즉 가장 좋은 삶은 물과 같다는 뜻일 것이다. 물이 가는 길을 막으면 당연히 썩을 수밖에 없다. 인공적 웰빙이 아니

라 자연적 웰빙이란 무위자연의 삶을 말한다.

태풍이 밀려오는 것도 지구를 덮고 있는 $\frac{3}{4}$의 아마존 숲의 산소를 지구 곳곳에 뿌리는 현상이며 바닷물을 뒤집어 물고기의 먹이가 되는 온갖 미생물을 발생하는 연결고리로서 환경 용어로는 생명의 고리(황금고리)인 셈이다. 주남저수지의 환경생태 또는 철새 도래지로서의 순환고리가 날로 어긋남에 있는 안타까움을 쓴 시다. '착한 길'에 대한 인식이 시인들에게서 제기된 것은 어제 오늘의 일이 아니다.

우포늪이나 무제치 늪, 용늪 등의 수생식물 보호가 그만큼 시급한 환경문제로 대두되어 있음도 이 때문이다. 이와 비슷한 다음 시는 어떤가?

//물이 되어 살았었지요//

개여뀌, 소루쟁이, 는쟁이, 도깨비고비, 돼지풀, 홍우슬, 애기똥풀, 도둑풀, 번행초, 술패랭이, 젓가락풀, 그리고 괴불주머니, 꿩비름, 수리딸나무, 더부살이, 은조롱, 배향초, 괭이밥풀, 선모초, 말곰초, 방가지똥과 한때는 나,

//물이 되어 집을 짓고,//

연룬모치, 버들개를 품고는 수수미, 참마자, 송사리, 새미, 누치, 흰수마차, 그리고 어름치, 버들가지, 구꾸리, 돌고비, 부안

종개, 독중개, 왕종개, 금강모치 꺽지를 사랑하고는 〈지금은 地上의 변두리쯤으로 흘러가버렸을〉 그 집에서 한때는 나,
//물이 되어 살았었지요//

(유창성의 「빈집」)

톤레삽* 수상마을

윤덕점(1957 ~)

맨몸으로 치댈수록 더 깊어지는 자궁 속
신형 보트 소리보다 더 빠르게 뛰어다니는
행복의 발자국 소리
수초와 어우러진 낡은 판자집들
촘촘한 주름 벽 접힌 자궁 속에
포상기태처럼 떠서
일렁이는 물길 위에서도 당당하다
집집마다
다산형 아낙들 벌쭉벌쭉 내지른 대여섯명 아이들과
그들의 자궁인 어미와
비쩍 마른 황구가 알몸으로 뒹군다
슬픔이 오물거릴 자리는 어디에도 없다
간혹 세상이 통째로 흔들려도
술 취해 비틀거릴 발걸음은 없다
주름커튼을 걷고 바라보는 호수 한 켠
딱 열여섯 처녀애 엉덩짝만한
알루미늄 다라이 안에서 얇은 노 숨 가쁘게 저으며

완 달러를 외치는 새까만 머슴애 이 조차
눈부시게 빛난다

폐쇄된 자궁 속도 저렇게 편할 수 있다니

*톤레삽호수: 동양최대의 호수로 캄보디아 시엠립에 있음

강 가장자리를 따라 양측으로 얼기설기 엮어 늘어선 그 가옥들엔 통나무를 켜는 제재소도 있고 술집이며 여러 가게들이 많다. 사람들은 주로 빗물을 받아쓰기도 하나 대부분의 일상생활은 호수의 물을 사용한다. 한곳에서 흙탕물에 설거지를 하고 또 한 곳에선 그 물에 빨래며 목욕도 한다. 꽃은 주로 베트남계 주민들이 기른다고 한다. 여자들은 생활력이 강하며 아이들을 보통 대여섯 명씩 낳고 온갖 상행위를 직접 한다. 바나나 보트에 과일과 생필품들을 싣고 빠르게 노를 저어 배를 따라 다니며 관광객들을 상대로 장사한다. 사람들은 노래를 즐기고 교육에는

별 관심이 없다. 그 배 위에도 오토바이가 있고 우리나라 경북지방에서 선교활동을 나가 있는 교회도 있다.

남편들은 결혼 후 일년 정도만 일을 하고 그 이후엔 주로 빈둥거리며 논다. 아이들은 교육을 시키지 않고 통나무집에서 동생들을 돌보거나 낮잠을 자며 논다. 그곳엔 태풍이 없어 그렇게 허약한 기둥의 집들도 안전하다고 한다.

-시인의 기행문중에서-

형제섬

박상건(1962 ~)

전생에 무슨 인연 있었을까
동백꽃 피고 지며 그리움으로 깊어간 바다에
두 개의 섬 어깨 나란히 겯고 있다

조약돌은 파도에게 씻겨 마음 다스리고
파도는 제 가슴 울려 하얀 포말을 흔든다
터지는 함성 참깨처럼 흩날리는 햇살들

이제 행진이다
하늘엔 갈매기, 바다엔 부표들
더 이상 떠돌지도 흔들리지도 말자
눈보라 속 꿈꾸는 복수초처럼
섬 기슭 동백꽃 생꽃 모감지로 떨어져도 이 악물고 살자

산다는 건 두 가슴이 한 마음으로 집을 짓는 것
하 맑은 한려해상 한결같이 출렁이는 섬
오늘도 두 섬 의초롭게 어깨 겯고 있다.

시의 소재를 나눌 때 흔히 외적 소재(정보심리)와 내적 소재(형태심리)로 나누기도 한다. 위의 시는 내적심리보다 정보심리에 의존한 시다. 정보심리에 의한 시는 쉽게 읽히고 쉽게 전달되어 즉흥적이다. 머리에서 쥐가 나게 하는 우리 현대시는 이이상 더 어려워져서는 안 될 텐데 하는 의구심이 요즘의 생각이다. 따라서 무미건조하고 정서적인 감동이 없다. 마치 스무고개하기로 약을 바짝 바짝 올려서 화나게 한다.

머리는 치나 가슴을 울리지 못한 시, 감동이 없는 시, - 그런데도 시인은 넘쳐난다. 문학지 성격에 드는 잡지가 3백 개가 넘는다고 한다.

따라서 이 시대의 얄팍한 상혼을 팔고 사는 시인 - 허수虛手아비로 한 시대를 깔고 소리치는 시인은 얼마나 많은가? 가짜와 진짜를 구별하기란 쉬운 일이 아닐 터이지만 적어도 그것만은 알고 갔으면 싶다.

이는 독자를 구별할 때 70%와 30% 차이다. 그러니까 30%가 진짜 시를 안다는 뜻이다. 그들은 '섬' 을 '고깔모자' 쯤 또는 에그 플라이쯤으로 비틀어 놔야 읽을 맛이 나는 축들이다. 여기에도 문제는 있다.

위의 시는 '어깨를 겯고 있는 두 개의 섬' 이 외적 심리를 유발하고 있다. 개인 상징이 아닌 보편 상징을 쓰고 있기 때문에 쉬운 시다. 너와 나의 삶이 의초로운 형제만 같아도 좋겠다는 깨달음 — 세상은 '참깨처럼 흩날리는 햇살들' 로 넘쳐나지 않겠는가. 그러므로 섬은 시인이 찾고 있는 이데아일 것이다.

신생의 바다

유창성(1979 ~)

바다를 보다 말고 소설가 김씨가 문득 묻는다
저그 건너가 김 아무개 꺼고 저그는 이모 선생이 써묵어부렀다는디
저 나란히 떠 있는 두 개의 섬은 임자가 있을라나?
가만히 보니 말은 안하지만 김씨도 욕심나는 눈치다
자신의 이름 석자 걸린 땅 하나 갖고 싶은 거다
그 표정이 사뭇 진지함을 넘어 너무나 비장하기까지 하여
나는 문득 농을 치고 싶어진다
왜 임자 없으면 가서 해적질이라도 할라요?
글고 저그는 뭐 저 멀리 낙도다요 다 임자가 있제라
그의 표정이 더욱 물살처럼 구겨지다 말고 .
그믄? 누가 먼저 침 발라 브렀는가? 잉? 말을 혀봐
해적은 아니라도 내 저그다 이름 석자 걸어보고 싶은디…
그는 어찌 안 될까 하는 표정이다 너무 진지하여
이러다 의 상할까 싶어 그만 풀어주기로 한다
암이라, 저그 이름 석자 이미 걸어분 놈 있재라
몰것소, 그놈한티 말을 잘 하믄은 될 것도 같고.

금세 반기는 뱅어눈으로 변해서는 나를 보면서
그려? 그게 누구단가, 아 이사람 질질 끌지 말고 말해보소
우선 내가 저 섬을 우째 해 볼라믄 그 사람을 알아야재
근께, 그 사람이라, 근디 그 사람보다 잘 적을 자신은 있고?
몇 번이나 확신을 받고 나서야, 나도 그만 풀어준다,
그 사람이라… 바로 앞에 떡하니 앉아 있소!
그때까지도 무슨 말인가 한참이나 생각하던 김씨가
그제서야 자신이 당했단 걸 깨달았는지
잔뜩 억울한 표정으로 소리 내어 호탕하게 웃는다
아마, 오늘 밤에는
저 앞 수많은 섬들 중 몇은 임자가 생길 것 같다
새로운 신화 하나 씌어질 것 같다
누군가 이름 불러주기 전에는 아무것도 있을 수 없는 바다,
자꾸만 깊어가는 줄도 모르고 깊어가는 밤이다

('시인세계' 2005년 상반기 등단, 전남 고흥 출생)

「신생의 바다」는 전남의 고흥반도 부족 방언들로 채워져 있어 주목된 시다. 저그(저기), 써묵어부렸다는디, 할라요, 글고, 낙도다요, 있제라, 그믄, 혀봐, 우째, 해볼라믄, 암이라, 몰것소, 그놈한티, 누구단가, 근디(그런데) 등, 판소리의 원형적 어휘들이 그 맛깔을 더한다. 시의 내용은 고흥반도 끝 녹동항에서 내다보고 있는 앞바다의 섬들이다. '저그는 이모 선생이 써묵어버렸다는디' 의 의미요소는 이청준이 소록도를 배경으로 쓴 '당신들의 천국' 을 암시하는 듯하다. 그리고 소설가 김씨는 선배격인 사람으로 그런 섬 하나에 발을 걸고 싶어 하는 수작인 듯하다.

따라서 표준어인 국어의 수준을 끌어올리는 데는 한계가 있는 듯하다. 동시에 사투리야말로 피를 데우는 가장 시적인 언어며 정서를 한 차원 높게 끌어 올리는데 기여한다고 볼 수 있다. 따라서 '신생의 바다' 는 사투리에 의해서 새롭게 태어난 바다라고 할 수 있다.

가난한 꽃

서지월(1955 ~)

금빛 햇살 나려드는 산모롱이에
산모롱이 양지짝 애기풀밭에
꽃구름 흘러서 개울물 흘러서
가난한 꽃 한 송이 피어납니다
나그네가 숨이 차서 보고 가다가
동네 처녀 산보 나와 보고 가다가
가난한 꽃 그대로 지고 맙니다

꽃샘바람 불어오는 산고갯길에
고개 들면 수줍은 각시 풀밭에
산바람 불어서 솔바람 불어서
가난한 꽃 한 송이 피어납니다
행상 가는 낮달이 보고 가다가
동네 총각 풀짐 놓고 보고 가다가
가난한 꽃 그대로 지고 맙니다

'산에/산에/피는 꽃은/저만치 혼자서 피어 있네/' 가 아니라 위의 시 「가난한 꽃」에는 인사와 가난의 한스러움이 함뿍 베어 있는 민요풍의 형식과 가락이 그대로 정한의 설움을 더한다. 자칫 감상적이고 낭만성으로 흐를 듯한 감정의 절제를 잘 극복한 작품이라 할 것이다.

'가난한 꽃 한 송이 피어서 ~ 집니다' 라는 단순 구문에 얹히는 자연과 인사의 어우러짐이 민요적 성격을 지닌 부분 소재들을 잘 살려내고 있어 시적 정서를 만끽하게 한다.

따라서 그 내용이 과장되거나 허풍으로 들리지 않는 것도 이 시의 장점이 될 듯하다.

민요적 가락과 맛을 살려내는 '산 고갯길' 에 배치된 '행상 가는 낮달이 보고 가다가/동네 총각 풀짐 놓고 보고 가다가' 는 소박 단순성을 살려내는 민요적 성격에 잘 들어맞는 이미지로서 우리 가곡으로 불려져도 충분히 아름다울 거라는 생각이 든다.

중심

심수향(1949 ~)

11월에도 꽃이 필 수 있다는 듯이
배추가 제 삶의 한창 때를 건너고 있다
꽃을 피우고 싶어하는 푸른 이마에
금줄 같은 머리띠 하나 묶어주려고
이참 저참 때를 보고 있는데
누군가 배추는 중심이 설 무렵
묶어주어야 한다고 귀뜸을 한다
배추도 중심이 서야 배추가 되나 보다
속잎이 노랗게 안으로 모이고
햇살 넓은 잎들도 중심을 향해 서기 시작한다
바람이 짙어지는 강물보다 더 서늘해졌다
띠를 묶어주기에는 적기인 것 같아
결 재운 볏집을 들고 밭에 올랐더니
힘 넘치는 이파리가 툭 툭 내 종아리를 친다
널따란 잎을 그러모아 지그시 안고
배추의 이마에 짚 띠를 조심스레 둘렀더니
종 모양 부도처럼 금새 단아해졌다

부드러운 짚 몇 가닥의 힘이 참 놀랍다
이제 배추는 노란 제 속을 꽉꽉 채우며
꽃과 또 다른 길을 걸어갈 것이다
추수 끝난 들녘에 종대로 서 있는 배추들
늦가을의 중심으로 탄탄하게 들어서고 있다

(2005, 불교신문 신춘문예 등단)

이 시는 배추밭과 부도밭이 비슷할 거라는 유추에서 쌍가락지(couple-ring)를 끼고 나온 작품이다.

특히 주목되는 것은 선취禪趣의 아류가 아니라 높이 깨달아 속으로 돌아온다는 입전수수 정신이 돋보인다.

'배추의 이마에 짚 띠를 조심스레 둘렀더니/종 모양 부도처럼 금새 단아해졌다' 가 그것이다. 그래서 배추도 중심이 서야 배추가 된다는 역설이 가능해진다. 그래서 배추밭이 부도밭으로 연상되는 이미지 확장에 기여하면서 은유체계가 완성된다. 불교 용어를 쓰지 않고 쓴 불교시가 호소력을 갖는 것의 전범이 될 듯하다.

만해 한용운의 시집 『님의 침묵(1926)』 전편이 이의 좋은 본보기다.

헌화가

신달자(1943 ~)

사랑하느냐고
한 마디 던져 놓고
천 길 벼랑을 기어오른다
오르면 오를수록
높아지는
아스라한 절벽 그 끝에
너의 응답이 숨어 핀다는
꽃
그 황홀을 찾아
목숨을 주어야
손이 받는다는
도도한 성역
나 오로지 번뜩이는
소멸의 집중으로 다가가려 하네
육신을 풀어풀어
한 올 회오리로 솟아올라
하늘도 아찔하여 눈감아 버리는

깜깜한 순간
나 시퍼렇게 살아나는
눈 맞춤으로
그 꽃을 꺽어 드린다.

붉은 바윗가에 잡은 손의 암소 놓고, 날 아니 부끄리시면 꽃을 꺽어 드리리다. 이는 우리 고전 속에 나오는 헌화가의 원전이다. 이처럼 꽃은 항상 우리 곁에 같이 있으면서 우리 삶을 정서적으로 풍요롭게 한다. 그뿐 아니라 의미망으로 묶으면서 정신적인 끈과 이념의 상징으로 메시지를 전달한다.

그러므로 꽃은 기호와 의미의 상징체계로서 제2의 언어라 할 수 있다. 이 언어에는 어떤 장벽도 국경도 없다. '아스라한 절벽 그 끝에/너의 응답이 숨어 핀다는/꽃' 그 꽃을 꺾는 사랑의 행위야말로 신성하다.

그것은 황홀이며 목숨을 주는 일이다. 사랑의 의식절차에 이 이상 무엇이 더 필요하겠는가. 그러므로 꽃은 사랑으로 귀속되고 우리가 마지막 베고 누울 베게며 무덤인지도 모른다.

물봉선꽃 피는 자리

이경(1954 ~)

한 번씩 울 수만 있으면 돼요
이녁 말대로 우리는 아무것도 아니지만
사람 속에서 불현듯 사람 보고자플 때
고향에 가도 못 보고 온 고향이 그리울 때
타향살이 십 오년 다 떨어진 버선코를
거름내 나는 무릎 오지랖에다 대고
한 번 실컨 울 수만 있으면 돼요
뒤 울안 후미진 곳 물봉선 피는 자리
생오리목 타는 연기 목젖이 아파서
저녁밥 짓다말고 찾아갑니다
어매는 그 자리에서만 울고 옵니다
물봉선꽃 지도록 울고 옵니다.

우리들 어머니가 그랬던 것처럼 어머니가 된 지금, 그 어머니는 어디에 가서 울어야 되는가. 뒤란이거나 장독대가 그 자리인

데 아파트 공간에 뒤란도 장독대도 없는 지금, 시인은 울 자리가 절실한데 그 울 자리마저 빼앗긴 삶은 얼마나 메마른 삶인가. 고향에 가서 거름내 나는 오래비 무릎이라도 베고 울고 싶은데, 그 울 자리인 고향도 오래비도 없어졌을 때 어디에다 대고 울어야 할까. 그 울 자리, 그 어느 무릎이 내 눈물을 받아줄 것인가. 등 다독이면서 '얘야, 그만 울어라' 하시던 그 어머니가 오늘은 유독 그리운 날이다.

정말, 오늘을 살고 있는 우리는 이제 울 자리마저 없어졌으니 무덤 속에나 가서 실컷 울어야겠다.

폭설 뒤에

구재기(1950~)

꿈결에서인 듯
어둠을 타고, 뚝, 뚝, 뚜우뚝
대나무 부러지는 소리가 들리더니
어제보다도 눈부신 아침 햇살 속에
처절하게 부러져 있는 대나무가 보인다
그렇구나
푸르디 푸르게, 저 혼자 푸르게
봄 여름 가을을 지나
겨울에 이르기까지, 푸르게 푸르게
늘 푸른 모습 오만이게 자랑이더니
드디어 하늘의 노여움을 불러 들였구나
겨우겨우 몸을 지탱한 것들은
온 몸으로 눈 가득 짊어지고
노역勞役의 벌로
허리를 굽히고 있구나

아침 굴뚝 연기로

당당히 쌓인 눈을 녹이고 있는
가난한 초집, 뒤란의 하얀 대숲

대숲의 정서는 다분히 남도적 정서다. 소월의 시나 백석의 시에 대숲의 정서가 있을 리 없다. 있다면 주마관산격의 풍경이거나 잠시 거쳐 갔을 뿐.

그래서 서북정서와 남도정서는 그 향토색부터 다르다.

대는 충청도 이북으로 가면 점점 희귀해진다. 전국적 현상이 아니기 때문이다. 따라서 대는 난세에 죽창으로 빛났고(동학혁명), 태평성대엔 대금, 중금, 소금, 피리 소리로 뜬다. 대도롱태(굴렁쇠)를 굴리면 그는 남도 아이고, 댓가지를 흔들면 남도 무당이고 손에 부채를 쥐면 남도 한량이고 붓을 잡으면 남도 시인이며, 창을 들면 그는 틀림없는 남도 의병이다.

죽순도 허균은 도문대작에서 '노령 이남'이라 했고, 전라감사가 평양 감사또로 전출되어 밥상에 죽순나물이 없는 것을 보고 호통 치니 식모는 이곳엔 대가 없습니다 했다. 감사또 왈 그러면 '대 바구니'라도 삶아 와야 할 것 아니냐고 호통을 쳤다는 일화가 있다. 위의 시에서 눈 오는 대숲의 눈 시린 정서는 그래서 다분히 남도적 풍경을 그려내고 있다. 〈아침 굴뚝 연기로/ 당당히 쌓인 눈을 녹이고 있는/ 가난한 초집, 뒤란의 하얀 대숲〉

세한도

유자효(1947~)

뼈가 시리다
넋도 벗어나지 못하는
고도의 위리안치
찾는 사람 없으니
고여 있고
흐르지 않는
절대 고독의 시간
원수 같은 사람이 그립다
누굴 미워라도 해야 살겠다
무얼 찾아 냈는지
까마귀 한 쌍이 진종일 울어
금부도사 행차가 당도할지 모르겠다
삶은 어차피
한바탕 꿈이라고 치부해도
귓가에 스치는 금관조복의 쓸림 소리
아내의 보드라운 살결 내음새
아이들의 자지러진 울음 소리가

끝내 잊히지 않는 지독한 형벌
무슨 겨울이 눈도 없는가
내일 없는 적소에
무릎 꿇고 앉으니
아직도 버리지 못했구나
질긴 목숨의 끈
소나무는 추위에 더욱 푸르니
붓을 들어 허망한 꿈을 그린다

이름 있는 시인치고 '세한도' 한 편 없는 시인을 보지 못했다. 제주 귀양살이에서 제주 수선화, 그보다는 세한도로 유명하고, 추사체로 자기 정신을 열었던 김정희(金正喜, 1788 ~ 1855)는 '난초를 그리는 비결' 즉 사란결寫蘭訣에서 99를 얻고도 나머지 1푼 때문에 사이비 난초만 그리다가 입문은커녕 문전에서 서성거리고 만다고 창작 정신을 말한 바 있다. 그 1푼이란 난초를 치는 기법은 다 터득했으면서도 '자기 영혼이 실리지 않은 난초가 되어버린다' 는 뜻과 같다.

이것이 곧 시인의 정서 속에 들어 있는 언어의 정신이면서 동시에 시인의 정체성(identity)이다. 이것이 곧 그 시인의 시세계가 됨은 물론이다. '무슨 겨울이 눈도 없는가/내일 없는 적소에 /무릎 꿇고 앉으니/아직도 버리지 못했구나/질긴 목숨의 끈 /……' 논어 자한편子罕篇의 구절은 이렇다. '절후가 추워져야 소나무와 측백나무의 시들지 않음을 안다' 이는 곧 한 시대를 버티고 선 올곧은 선비의 정신을 드러낸다.

달과 왕버들

윤은경(1962 ~)

그믐이 가까워 달은 칼날이 되었다

달이 어떻게 몸 바꿔 푸른 물주머니를 만들었는지, 툭 치면 좌르르 쏟아질 물주머니를 수천 개나 달았던 당산나무, 흙과 뒤섞여 뿌리는 이미 돌부리처럼 단단해졌다 저 길 잎사귀 다스려 고요로 인도하던 마른 수로, 귀 기울이며 당신, 하고 불러본다

이 가슴은 오래 전에 비워졌다 무심이다 심장이 있던 자리,

대침 같은 가시 하나 날카롭게 돋아 있다 무엇이 나든 흔적, 빗장 지른 문비 앞에서 눈 감는다

어두워지는 수피樹皮 쓰다듬으며 당신, 하고 불러본다

언젠가 이 나무도 번뜩이는 칼을 쥐고 늙은 사제를 겨누었다

밑둥치 아래 무릎 꿇는다

조각구름 사이로 쏴아아 달빛 한 줄기

목 부위로 쏟아진다

여기 금줄을 거는 것이 좋겠다

어느 자리에선가 '올해의 좋은 시' 시화집이 우후죽순처럼 남발되어 문단의 공해시대가 왔다고 한탄한 친구가 있었다. 뒤이어 '재미난 시'들만 간추려 '올해의 재미난 시'들만 엮으면 짭짤한 장사가 되지 않겠느냐고, 그것이 오히려 정직성에 값하는 일이라고 열을 올리기도 하여 동의한 적이 있었다.

위의 시는 참 재미난 시다. 물기도 촉촉하다.

그믐달과 칼날이 아니라 그믐달과 푸른 물주머니, 당산 나무와 마른 수로, 문득 목말라 당신, 하고 불러보는 그 '당신'이란 이름이 절실하게 떠오른다. 그 당산나무 마른 수피樹皮를 쓰다듬으며 '여기 금줄을 거는 것이 좋겠다'는 신성한 사제의식司祭儀式과 같은 정서촉발로서 새로움의 영역을 발견한다. 그 당산나무가 다름 아닌 왕버들(?)인데 실제로 왕버들 푸른 가지로 휘늘어진 잎새들 사이 조각달이 걸리는 모습은 넘치는 사랑 그대로인 듯 하다.

시를 읽는 '재미'란 이런 데 있지 않을까.

홍여새 한 마리

박홍점(1961 ~)

책상 유리판 아래
십오 년쯤 된 80원짜리 우표 속에는
홍여새 한 마리가 앉아 있다
아직도 내가 쓴 편지를 기다리고 있다
금방이라도 날아오를 태세다
열 마리씩 무리 지어 다니다가
무슨 할 말이 그리도 많았던지
하나 둘 날아가 버리고 긴 시간 혼자 남은 거다
서울이든 광주든 목포든
꺼내만 주면 가겠다고 나를 볼 때마다 말한다
말하는 입이 붉은 홍여새,
그러나 나는 아직도 꺼내주지 못하고 있다
자질구레한 변명이나 수식 포장해야 하는 번거로움,
아니다 그건 아니다
마지막 남은 한 마디를 어떻게든 남겨두려는 거다
심심할 때면 홍여새와 논다
우체국에 갔다 오다 공원에 들러 비둘기와 놀던 일

홍여새 열 마리 가슴에 안고 마냥 뿌듯했던 때
어제를 이야기 한다
오늘을 산다
우르르 쏟아 놓지 않고 아껴먹듯이
새로이 순간, 순간을 맞추고 있다 보태고 있다

중 · 고등 시절 우표를 모으던 때가 생각이 난다. 학교에서도 이따금 그 취미활동으로 우표 전시회를 열곤 했다. 그 시절 밤새워 썼던 편지는 몇 통이나 되었을까?

그때 주고받았던 펜팔 또한 유행이었는데, 유행이었건 어쨌건 간에 억세게 주고받은 그 친구들이 이젠 다 시인이 되어 같이 늙어간다. 짱짱한 시를 쓰고 있는 것을 보면 이 우표 붙이는 재미가 아니었나 싶다. 우체부의 빨간 가방이 시골길에 실리고 딸랑거리는 자전거 벨소리만 들려도 가슴이 두근거렸다. 우체국에 가서 도닥도닥 우표를 붙이고 혹여 가지 않을까봐 가슴에 품어 가득 온기를 불어 넣은 다음 그 구멍 속에 밀어 넣곤 했던

처녀성이 지금도 살아 있다.

유리판 밑에 15년쯤 된 80원짜리 우표 — 그 홍여새의 그리움이 시적 정서로 담뿍 묻어난다. 여기엔 시인 나름대로의 많은 추억이 숨어 있을 듯하다.

우정국 개설 당시 최초의 우표가 한국 특산종인 미선나무(전북 부안, 충북 괴산 서식)였다는데 지금 그 우표값이 몇 억이라고 들은 적이 있다.

등단작 '홍여새 한 마리' 의 기쁨이 그 몇 억에 비기겠는가?

봄 눈 내리는 밤

손정순(1970~)

봄눈에 마음 푹푹 빠지며 초생달과 바구지꽃과 짝새와 당나귀*가 함께 밟고 간 사랑의 길을 따라간다. 백석의 연인 자야가 시주했다는 절 한 채, 길상사 초입에서 가난하고 외롭고 높고 쓸쓸한* 시인의 사랑을 생각한다

봄 눈 내리는 밤, 청루에는 가객들마저 돌아가고, 계면조로 읊조리던 가야금마저 잦아들면, 눈빛이 아직도 창밖에 환했던가

아무 것도 남긴 것 없는 나는 백석의 자야가 살짝 바람에 스쳐도 눈물이 난다, 마리아를 닮은 미륵부처는 봄밤에도 대웅전 앞마당에 나와 서성이고, 흰 바람벽* 마주할 내 사랑 생각하니 더더욱 눈물나는데, 저 실개울 건너 요사채에서 잠든 비구니도 눈 내리는 이 밤, 아찔한 봄꿈을 꿀까?

* 백석의 詩「흰 바람벽이 있어」에서

백석의 연시로는 '나와 나타샤와 흰 당나귀' 가 널리 유포되어 있다. 한 때 백석의 연인으로 알려졌던 '자야' 할머니가 기증했다는 길상사, 그 이전은 '대연각' 이라던가 무엇이라던가 하는 고급 요정이었다고 알려졌다. 위의 시에 인용된 백석의 유명한 시구들은 대표작중의 하나인 '흰 바람벽이 있어' 에 나오는 시구들이다.

봄 눈 내리는 밤 발이 푹푹 빠지며 길상사를 서성이는 시인의 연민이 '나와 나타샤와 흰 당나귀' 를 연상할 만큼 아릿한 정서가 묻어난다. 백석이 서북정서(북극정서)로 유랑민(일제하에서)의 설움을 노래했던 그 정서를 현대시에서 만끽할 수 있었으면 싶은데 정작 그 정서와 설움을 담을만한 현대시는 없는 것 같다.

가난하고 외롭고 쓸쓸한 시인의 사랑을 다시금 생각나게 하는 시다.

초승달

정용숙(1976 ~)

얻은 것은 씨앗 한 개
서러워 말자
흥부가 제비 새끼들 구원해 주고 얻은
박씨보다야 굵지만,
나는 땅 한 뙈기 가진 게 없으니
찰진 하늘에나 심을까
햇빛이 오는 아침에는 물을 주고
하늘 가문 날에는 움트지 않아
꼬까 참새가 물고 가버리면 어쩌나
어스름 녘에나 슬며시 내다 심을까
내 가난한 울타리, 박 넝쿨
보름달 같은 통박이 열리지 않으면 어쩌나
거름은 무엇으로 하나,
어어 저 밤하늘에 지천으로 널린 별들 좀 봐,
삼태기 하나면 족하겠다.

초승달을 푸른 물주머니로 표현한 시가 있었다. 서구에선 둥근 달을 빵, 초승달을 바나나로 비유한 시가 많다. 이 시에서는 박씨, 그것도 흥부가 제비 다리를 고쳐 주고 얻은 박씨보다야 크다고 말한다. 땅 한 뙈기 가진 게 없으니 하늘에나 심을 밖에. 가난한 울타리 보름달 같은 통박이 열리지 않으면 어쩌나. 거름은 무엇으로 하나. 밤하늘에 지천으로 널린 별을 삼태기로 끌어 모아 거름을 하겠다고 한다.

가난한 시인에게 달은 박씨로, 별들은 거름으로 보일 수밖에 없는 현실이 안타깝다. 그러나 달과 별마저 없다면 시인에게 희망은 커녕 서있는 자리도 위태롭지 않겠는가. 이른바 천기론적 시학이라 할 만하다.

소래 포구에 널 뿌리고

이민호(1963~)

돌아와 달게 밥을 먹는다
얼음 배긴 무달랭이 한 입 깨어문다
오도독! 살아 있다는 이 경쾌함
어쩌라고
어쩌라고
백분으로 날리던 너의 손짓
뿌리치고
돌아와 먹는 낱알이
목구멍 깊숙이 피를 내는 건
어찌 씹을수록 맛나는 이 슬픔뿐이랴
헛헛한 속내 채우려는 이 아귀 같은
식탐이

삶과 죽음의 모순 속에 사는 것이 우리들의 삶이다.
소래 포구에 재를 날리고 와서 '혼자 먹는 밥' 은 얼마나 슬픈

밥인가. 그런데도 시인은 오도독 그 밥을 씹으며 살아 있다는 '이 경쾌함' 이라고 표현한다. 역설치고는 대담한 역설이다.

또한 '씹을수록 맛나는 이 슬픔뿐이랴'고 자조한다. '찬란한 슬픔의 봄을(김영랑, 『모란이 되기까지는』)' 이라는 모순 어법도 있지만 이처럼 씹을수록 맛나는 슬픔도 있는 법이다. 그 슬픔은 곧 삶의 극복의지로서 승화되면서 삶이 얼마나 치열한 존재 방식인가를 보여준다. 따라서 시인은 가슴이 뜨거워도 그 언어는 뱀처럼 차가운 피를 지닌 별종임을 알 수 있다.

가령 '가도가도 푸른 하늘' 을 '이건 참 너무 맑은 하늘입니다(서정주, 『만주에서』)' 라거나 입에 사탕 3개가 들어있다. 2개를 더 넣으면 5개라 할 것을 시인은 '한 입 가득이오' 라 표현하는 것이 정서 반응으로서의 시인의 언어다.

웃음의 힘

반칠환(1962 ~)

넝쿨장미가 담을 넘고 있다

현행범이다

활짝 웃는다

아무도 잡을 생각 않고 따라 웃는다

왜 꽃의 월담은 죄가 아닌가

한참 웃다가 막힌 눈물샘마저 터졌다

결코 길지 않은 행간 속에 상상력의 운동성이 빛난다. 아니, 발견의 깊이가 웃음을 자아내게 한다. 이른바 지적知的 상상력에 의해 빚어진 언어의 힘이다. 순간순간 코미디들이 쏟아낸 천박한 역설과 언어(시)의 역설은 이렇게 차이가 난다.

인터넷에 굴러다니는 시는 맨 끝행이 생략되어 있어 난감했다. 〈왜 꽃의 월담은 죄가 아닌가〉라고 잘라먹는다면 서정적 즉 정서반응은 약화되기 때문이다. 결구가 첨가 되므로서 시의 완결성이 나오고 독자를 구원의식으로 이끌어 올린다. 이른바 명상의 깊이며 슈타이거가 말한 서정적 자아와 동일성이 이루어져 명상의 깊이가 더해진다고 보기 때문이다.

환기력이 없는 한 편의 시는 무덤과 같다. 이것이 또한 대중가요와 시가 구별되는 점이기도 하다. '현실은 빨리 무너져도 상상력은 영원하다' 라는 말은 바로 이 말이며 아름다움이란 발견의 깊이에서 깨달음이 무엇인가를 묻는 일이다. 이 시의 아름다움이란 바로 이 힘에 있다. 그래서 '웃음의 힘' 이다.

처서 지나며

홍영(1954~)

늦반디 자울자울 늙은 중 경 읽는다

찬 개울 물소리 붐비는 밤 물소리에

먼 마을 어둠별 가랑가랑 물 머금으면

풀여치 이슬 터는 뒷다리에 심금心琴들어

문수사 무설전 툇마루에 백로 내려 앉겠다.

처서 지나면 모기 입이 비뚤어진다는 말이 있지만 반딧불이 또한 힘없이 꺾여 '자울자울' 이라는 말이 적절한 표현일 듯하다. 민달팽이 두 뿔도 맥없이 꺾이는 찬바람이 도는 절기이기도 하다.

반딧불이 종류만도 왕눈이반딧불이, 애반딧불이 등 30여 종이고 설천이 있는 무주 구천동에선 해마다 반딧불이 축제가 열려 환상적인 여름밤을 수놓기도 한다. 설천雪川 맑은 물 속에는 다슬기(올갱이)가 많아 반딧불이 살기에 좋은 환경을 가졌기 때문이다.

'자울자울 경을 읽는 늙은 중' '붐비는 밤 물소리' '물 먹은 먼 마을 어둠별' '풀여치 울어대는 가을밤'. 이때쯤은 흰 이슬 즉 백로가 내리는 계절이기도 하다. 전체 6행의 시행마다 내뿜는 신선한 이미지가 결코 범상치 않다. 이 시인은 무설전 툇마루에 내려앉은 백로의 모습을 어디에서 본 것일까. 때묻지 않은 절제되 언어로 빚은 이미지가 박용래 시인을 다시 본 듯하다.

계화도 女子

김기찬(1961 ~)

동전지갑 같이 입이 큰 女子

얄팍한 입술에서 터진 콩자루처럼 말이 새 나올 것 같은女子

헤픈 듯 투박해도 차돌처럼 다부지고 복숭아 뼈처럼 단단한 女子

큰 입 하나로 개펄을 들었다 놓았다 건장한 사내 너 댓을 단단히 물었을 女子

썰물진 마음 빈집인 밤 하늘 달에 대고 흰 속살을비췄을 女子

평생토록 몸 하나 지키기 위해 싯푸른 칼날 앞에서도 더럽혀지기 싫은 女子

그 뻘 속같이 캄캄한 女子

위에 나온 계화도 女子는 누구일까? 원관념이 없이 보조관념으로만 이루어진 상징기법의 묘미를 읽을 수 있어 현대시의 다의성에 적중하고 있다.

여기서 말하는 다의성이란 계화도 女子를 '여자'로 보는 것과 '백합'으로 볼 수 있기 때문이다. 계화도 뻘밭은 백합(대합, 생합)의 산지로 유명한 곳이다. 속어로 여자를 '조개'라고도 곧잘 표현하는데 이 시의 발상은 여기에서 오지 않았나 싶다. '동전지갑같이 입이 큰 여자'의 속뜻은 이곳에서 백합을 비유하여 '금(돈)'이라고도 하고 금 캐러 간다고도 표현하고 보면 전체의 이미지들이 쉽게 드러남을 알 수 있다.

서파*에서

최숙향(1965 ~)

그대 빵부스러기 대신 풀어놓은 한 줄 띠를 잡고 걷고 또 걸었네 가도가도 끝없는 자작나무 숲길 해는 지금 어디쯤 쉬고 있을까 길은 반나절 내내 그리움으로 출렁인다 새벽녘 낯선 호텔방에서 가위 눌려 할딱이다 내다본 먼 산이마 바람꽃 일렁이더니 언제 드러누웠나 미인송 시샘이 외길을 싹둑 잘라놓았네 발목을 잡아채는 산톱풀 매몰차게 밀어내는 골바람 안타까움은 간절함을 부르는가 나 이대로 그대 가까이 자작나무 숲 그늘에 물쇠뜨기로 눌러앉아 헝클어진 머리카락이나 바람결로 빗질하고 는개미에 그리움 헹구며 살까나 그대 서러운 눈매 어디에 숨겼나 어디쯤에서 시퍼런 눈물 머금고 손맞잡을 해거름 기다리고 있는가

*서쪽 백두산 능선

서파는 백두산 서쪽 자작나무 숲으로 채워진 능선이다. 따라서 이 시는 기행시편에 든다. 정지용의 「백록담」과 같이 그 어조나 분위기로 보아 비슷한 톤을 가지고 있다. 발목을 잡아채는 산톱풀, 또는 골바람, 물쇠뜨기풀, 눈개미 등의 토속 이미지도 그렇다. '손맞잡을 해거름' 에 만날 수 있을까라는 외로움의 시적 정서가 시상 전체를 아우르고 있다.

앙굴마는 999명을 살해하고 마지막 한 명을 살해하려는 순간에 도를 깨달았다고 한다. 아흔아홉 번의 풍경을 살해해서 마지막 자기 정체성을 깨닫는 것—그것이 기행시의 생명이란 것도 알 수 있다. 이 시에서는 '깊은산 고요' 를 직시함으로써 고전적 품격에 이르고 있음을 확인할 수 있다.

걸레의 푸념

김용수(1952 ~)

더러운 곳
찾아다니며
닦고 닦아
만신창이 된 걸레

손으로 쥐어짜고
발로 밟고
방망이로 두들겨
힘껏 빨아도
행주가 되지 못한다

행주와 걸레
사촌이라지만
하는 일 다르다

걸레가 걸어온 곳
아무도 반기지 않고

행주마저도 꺼린다

그래도
걸레 세탁하는
바보들 늘어나
세상은
웃지 못한다

시를 평가하는 방법에는 두 개의 잣대가 적용된다. 하나는 시인의 시 세계(사상)을 드러내는 코드요, 하나는 언어 미학의 성취도 즉 예술성의 완결미다. 이 양자합의 산물이 시인 셈이다. 전자는 전문 시인에게 후자는 신인에게 보다 강근되는 요건이다.

따라서 위의 시는 교훈성이나 도덕성, 정치성을 드러내는 알레고리(Allegory) 기법을 차용하고 있음을 알 수 있다. 이는 위에서 말한 첫째 요건에 드는 코드로서 무목적인 언어의 자유와 개성을 벗어난 목적성을 띤다는 뜻이다. '걸레를 세탁하는 바보들이 사는 세상'을 비아냥거리면서 걸레를 인격화하고 있다. 동시에 사물과 풍경을 압도하는 상상력이 없이도 재미있게 읽을 수 있는 시이다.

땡볕

송수권(1940 ~)

삼한적 하늘이었는가 고려적 하늘이었던가
하여튼, 그 자즈러지는 하늘 밑에서
'확 콩꽃이 일어야 풍년이라는디,
원체 가물어 놔서 올해도 콩꽃 일기는
다 글렀능갑다'

두런 두런거리며 밭을 매는 두 아낙
늙은 아낙은 시어머니, 시집 온 아낙은 새댁,
그 새를 못 참아 엉금엉금 기어나가는 것은
샛푸른 샛푸른 새댁,
내친김에 밭둑 너머 그짓도 한 번

'어무니, 나 거기 콩잎 몇 장만
따 줄라요?'

(오실할 년 콩꽃은 안 일어 죽겠는디 콩잎은 무슨 콩잎?)

옜다, 받아라 밑씻개 콩잎
멋모르고 닦다보니 항문에서 불가시가 이는데
호박잎같이 까끌까끌한 게 영 아니라

'이거 무슨 밑씻개?'
맞받아치는 앙칼진 목소리,
'며느리 밑씻개'
어찌나 우습던지요

그 바람에 까무러진 민들레 홀씨
하늘 가득 자욱하니 흩어져 날았어요
깔깔거리며 날았어요
대명천지, 그 웃음소리 또 멋도 모르고
덩달아 콩꽃은 확 일었어요.

이름도 얼마나 소박하고 해학적인지 모른다. 노란 꽃이 어둠 속에서 빛나는 고양이 눈과 흡사하다는 괭이눈, 잎이나 줄기를 꺾으면 나오는 등황색 액체가 아기의 똥 같다는 애기똥풀, '어찌하여何 머리가首, 검은가烏' 라는 뜻의 나도하수오(이 풀을 약으로 먹으면 머리가 검어진다고 해서 유래된 이름). 그 외에도 풀뿌리에서 누린내가 난다는 노루오줌, 닭장 옆에서 잘 자라는 닭의장풀, 된장에 생기는 구더기를 방지해 준다는 된장풀, 꿀주머니 안쪽으로 말려진 꽃 모양이 매의 발톱을 오므린 것과 같다는 매발톱꽃, 잎과 꽃이 함께 있지 않다는 상상화에 홀아비바람꽃까지……. 이름만 들어도 이유를 짐작할 수 있을 만큼 직접적이고 서민적이다. 양반보다는 서민들이 산과 들을 자주 다녔을 테고, 거기서 제멋대로 나는 것들이니 그들에 의해 발견되어 이름 붙여졌기 때문일 게다.

이름 모르는 잡초로 대할 때와 이름을 알고 바라볼 때의 느낌은 사뭇 다르다. 이름을 통해 풀꽃에 얽혀 있을 에피소드를 상상해 보는 것도 재미있고, 다듬어지지 않은 거친 이름과는 달리 청초한 모습이 신기해 자꾸 바라보게 된다. 그럴 때 들꽃은 관상용 꽃이 아니라 교감의 대상이 된다. 이름을 불러줄 때 비로소 꽃이 되고 의미 있는 존재가 된다는 어느 시인의 말은 이 땅의 산과 들에 피고 자라는 야생초에도 해당되는 말일 것이다. 봄꽃이 꽃망울을 터트리려 한다. 산에 피는 봄꽃은 지는 해로 보아야 황홀하고, 강에 피는 봄꽃은 산그늘로 보아야 서늘하다고 한다. 이 봄, 무심코 지나쳤던 봄꽃 하나 마음에 남기며 봄바람을 맞아 보는 건 어떨까.

유은혜 (2004. 4. 공간사랑에서)

상상력의 깊이와 시 읽기의 즐거움

2006년 1월 20일 1판 1쇄 초판 인쇄
2006년 1월 25일 1판 1쇄 초판 발행

지은이 송 수 권
펴낸인 한 봉 숙
펴낸곳 푸른사상사

등록 제2-2876호(1999.8.7)
서울시 중구 을지로3가 296-10 장양B/D 701호
대표전화 02) 2268-8706(7) 팩시밀리 02) 2268-8708
메일 prun21c@yahoo.co.kr / prun21c@hanmail.net
홈페이지 //www.prun21c.com
편집 디자인 심효정/이선향/지순이 기획마케팅 김두천/한신규

값 13,000원
ISBN 89-5640-421-6-03810